Les Souliers
de Noël

Donna VanLiere

Les Souliers de Noël

traduit de l'américain
par Philippe Beaudoin

ÉDITIONS FRANCE LOISIRS

Ce livre à été publié sous le titre
The Christmas Shoes
par St. Martin's Press, New York, 2001.

Éditions du Club France Loisirs,
avec l'autorisation des Éditions l'Archipel.

Éditions France Loisirs,
123, boulevard de Grenelle, Paris
www.franceloisirs.com

ISBN : 2-7441-8710-0

À Troy, qui toujours m'encourage,
m'inspire et croit en moi.

Préambule

AUJOURD'HUI

D'aucuns passent toute une vie sans remarquer les petits miracles qui jalonnent chaque journée, ces minuscules signes que Dieu nous envoie du Ciel pour nous faire sourire ou rire, nous éprouver et nous amener tout en douceur à Lui.

Nombre de ces cadeaux divins m'ont échappé. Je n'ai pas prêté attention aux gazouillis de mes enfants, à leurs premiers pas maladroits ou à leurs menottes qui agrippaient mes doigts pour y trouver un soutien. Je suis passé à côté du sentiment de renouveau qui accompagne chaque changement de saison : au printemps, les branches décharnées de notre cornouiller qui explosaient en une magnifique floraison ; en été, les chênes géants de notre arrière-cour qui se chargeaient d'un épais feuillage pour couvrir la maison de leur ombre. Je ne me suis jamais arrêté au regard chaleureux de ma femme ni à son rire facile. J'ai manqué cette bénédiction qu'est son amour pour moi.

Une nuit que la joie s'en était allée, la grâce de Dieu m'a touché et j'ai ouvert les yeux. C'est elle qui m'a poussé à écrire ce récit, à vous faire part de certaines choses que j'ai apprises et que personne, il est vrai, n'aurait pu me dire.

Nous nous posons tous des questions. Il m'a fallu du temps pour identifier les plus importantes, celles qui comptent. Non pas : « Comment gagner davantage d'argent ? » ou : « Que faire pour obtenir une promotion ? » ; mais plutôt : « À quoi les fleurs pensent-elles sous la neige ? », « Quand les oiseaux effectuent-ils leur réservation pour se rendre dans le Sud ? », « Que Dieu entend-Il faire de ma vie ? » ou « Quels sont les rêves de ma femme ? »

Il y a un an, j'ai enfin pu rassembler les morceaux. J'ai rencontré un jeune homme qui m'a tout raconté. Aujourd'hui, je connais la vérité car je sais comment la main de Dieu a guidé mon existence.

Pour certaines personnes – peut-être pour quelqu'un comme vous –, cette histoire relèvera de la pure coïncidence. Une rencontre de hasard, deux destins qui se croisent sans l'avoir cherché… À une certaine époque, il y a quelques années, j'aurais pensé la même chose. En ce temps-là, personne ne m'aurait fait croire que Dieu puisse changer une vie à l'aide d'une paire de souliers. Mais aujourd'hui j'y crois.

Oui, je l'affirme : j'y crois.

Prologue

NOËL 2000

Dieu nous a donné la plus grande preuve d'amour que le monde ait jamais vue.

(Andrew Murray)

Cet hiver-là, il n'avait pas neigé pour Noël, ce qui, dans notre ville, était tout à fait inhabituel. L'automne avait été splendide, ensoleillé et doux. À Thanksgiving, on était en bras de chemise. Mais, à mesure que les vacances approchaient, le temps s'était modifié. Nous n'avions pas eu de blizzard, mais des tempêtes de grêle parmi les plus violentes du siècle. Elles avaient tout recouvert de glace et fait tomber les arbres ainsi que les poteaux électriques. Par la suite, le froid était devenu mordant et le ciel avait pris une coloration sombre, lugubre. Chacun attendait le « Noël blanc » dont Bing Crosby rêvait dans tous les juke-box de la région.

Dans leur désir éperdu de regagner la terre ferme, les pneus de la berline s'affolaient sur le verglas. Après m'être replacé dans le bon sens, j'effectuai une marche arrière, orientai les roues différemment et appuyai sur l'accélérateur pour retenter l'ascension de la côte qui menait au cimetière. Cette fois-ci, la voiture parvint à mi-hauteur, mais ses pneus se mirent à crisser et à patiner de nouveau. Je lui imposai vainement une montée en puissance. Revenu au point mort, je débrayai et la laissai descendre la pente à reculons. Au pied de la colline, je me garai et coupai le contact.

D'où j'étais, je voyais la tombe. La glace l'avait couverte d'un vernis brillant et des stalactites pendaient de chaque côté. Sur la pierre froide, le givre avait figé des feuilles brunes en petits tas. Il me faudrait d'abord la nettoyer. Je décidai de laisser les ornements dans le coffre jusqu'à ce que j'aie fait le ménage.

Lorsque je sortis du véhicule, le vent cinglant me gifla le visage en poussant un sifflement strident. Je resserrai les pans de mon pardessus de laine et saisis mes gants sur le siège avant. Constatant que j'avais laissé mon chapeau à la maison, je relevai mon col aussi haut que possible et claquai la portière derrière moi. Je commençai à gravir la butte en grelottant.

L'entreprise était à peine plus facile à pied qu'en voiture. Je devais faire attention à ne pas déraper sur le verglas. Arrivé à l'entrée du parc, je vis que la plupart des allées étincelaient de propreté. Je parvins à la sépulture que j'avais l'habitude de décorer chaque année à Noël. Le givre, qui s'accrochait aux caractères de l'inscription, rendait le nom illisible.

Protégé par mes gants, je décollai les feuilles et la glace jusqu'à ce qu'un rayon de soleil tombe en plein sur la date du décès : 1985.

Cela faisait quinze ans…

CHAPITRE PREMIER

Décembre 1985

Nous n'osions donner vent à une prière
Ni laisser libre cours à notre angoisse.
Quelque chose était mort en chacun de nous ;
Et ce qui était mort, c'était l'Espoir.

(Oscar Wilde)

La première grosse tempête de l'hiver 1985 nous surprit à Thanksgiving. Par la suite, le phénomène se reproduisit dans la région, chaque fois à quelques semaines d'intervalle. Bien avant les vacances, le paysage était couvert de plusieurs centimètres de neige, jusqu'à une trentaine, ce qui donnait à notre ville un petit air de carte de Noël.

Cet hiver-là, les écoles fermèrent plus longtemps que tout au long des cinq années précédentes. Presque chaque semaine, une nouvelle journée de neige forçait Doris Patterson, qui avait en charge les CE2, à modifier radicalement ses plans.

Après vingt-neuf années d'enseignement, Doris était rodée à l'inattendu. Ce qui pour d'autres était un élément de désordre était pour elle une occasion à ne pas manquer. Quand le directeur annonça par haut-parleur que les classes finiraient plus tôt que prévu, elle s'efforça de concevoir des exercices nouveaux, plus amusants, destinés à accompagner les traditionnels devoirs d'écriture et d'arithmétique à faire chez soi. Des rédactions qui auraient pour sujets : « À quoi les fleurs pensent-elles sous la neige ? » ou : « Quand les oiseaux effectuent-ils leur réservation pour se rendre dans le Sud ? » Elles les avait vues, malgré leur simplicité, enflammer l'imagination de ses élèves, qui lui offraient de merveilleux souvenirs à conserver dans ses archives.

Deux ou trois ans plus tôt, Doris avait envisagé de prendre sa retraite. Pour une raison ou une autre, elle ne s'était jamais sentie prête à franchir le pas. Jusqu'au jour où, tout récemment, elle avait prévenu le directeur que ce serait là sa dernière année. Son mari, un ancien postier, ne travaillait plus depuis quatre ans. Il avait hâte qu'elle l'accompagne de par le vaste monde dans le camping-car flambant neuf qu'il avait acheté. Sur la roue de secours, on pouvait lire « Herb et Doris », peint à l'aérographe en bleu et rose. C'était peut-être à cause de toute la neige tombée cette année-là, mais l'évocation des doux hivers du Sud-Ouest commençait à la séduire.

Bien qu'elle n'ait jamais ouvertement fait preuve de favoritisme, Doris voyait chaque année un de ses élèves lui ravir le cœur. En 1985, cet enfant s'appelait Nathan Andrews. Calme, porté sur l'introspection, il avait des cheveux couleur de sable, d'immenses yeux bleus et un sourire timide. Il avait perdu l'étincelle qui animait sa douceur et que Doris avait remarquée au cours des deux années précédentes. Alors que d'autres élèves interrompaient leur maîtresse d'un « Heu, m'dame Patterson, Charity vient de m'éternuer d'ssus ! » ou d'un « Hé, m'dame, Jacob vient d'm'envoyer une boulette ! », Nathan se dirigeait avec discrétion vers le bureau et murmurait : « Excusez-moi, madame Patterson... » Après quoi il attendait patiemment qu'elle se tourne vers lui. Comparé au caractère agité des vingt-cinq autres enfants de huit ans à qui elle enseignait, le comportement mesuré et sérieux de Nathan témoignait – et c'en était presque triste – d'une grande maturité.

D'après certains collègues de Doris, les élèves issus de milieux défavorisés étaient plus réfractaires à l'enseignement, plus indisciplinés et en règle générale plus bavards que les élèves issus de foyers moyens ou supérieurs. Doris n'était pas de cet avis. Elle savait que la famille de Nathan ne roulait pas sur l'or. M. Andrews travaillait dans un garage du coin et, à ce qu'on disait, il avait du mal à joindre les deux bouts. Cependant, Nathan était un des élèves les plus polis qu'elle ait côtoyés de toute sa carrière. Elle avait appris que ce ne sont pas la taille ou le prix d'une demeure qui font les enfants gentils et équilibrés, mais l'amour et l'attention qui imprègnent leur foyer.

L'automne précédent, la mère de Nathan avait souvent exercé des activités bénévoles au sein de l'école. Elle aidait Doris dans sa classe, découpait des formes et des chiffres pour une leçon d'arithmétique, faisait office de répétitrice à l'intention d'un élève à la diction malaisée ou agrafait des fleurs et des arbres en papier sur le tableau d'informations. Nathan rayonnait de fierté à la vue de sa mère. Mais, depuis de nombreuses semaines, Doris n'avait plus eu la visite de Maggie Andrews.

Un jour, Jack, le mari de Maggie, était venu trouver Doris à l'école pour lui apprendre la maladie de sa femme. Elle souffrait d'un cancer et le pronostic n'était pas optimiste. Pas étonnant que Nathan paraisse souvent distrait... Encore trop jeune pour bien comprendre la situation, il ne savait sans doute pas sa mère mourante. Mais Doris remarquait parfois dans les yeux de l'enfant une tristesse terrible, qu'elle connaissait bien.

Doris n'avait que vingt ans lorsque sa propre mère avait succombé au cancer et cet événement l'avait changée à jamais. Son cœur se brisait lorsqu'elle voyait le petit garçon trouer sa page à force de la gommer et essuyer une larme du dos de sa menotte tout en continuant à travailler. C'était la première fois qu'un de ses élèves perdait un parent et elle ne savait que dire ni que faire. La douce étreinte ou le petit temps de récréation supplémentaire qu'elle avait accordés, au fil des ans, aux enfants qui avaient perdu un animal de compagnie aimé ou un cousin éloigné lui paraissaient inadéquats, voire inconvenants. Après la mort de sa mère, elle s'en souvenait, elle préférait qu'on se taise au lieu de formuler des banalités, certes pleines de bonnes intentions, mais motivées par la pitié. Parfois, le silence est le plus beau cadeau qu'on puisse faire à quelqu'un, se dit-elle en regardant Nathan tailler son crayon. Il y avait quelque chose de déchirant dans la façon dont il s'acharnait à tourner la manivelle. En son for intérieur, elle pria Dieu de s'approcher et de prendre l'enfant dans Ses bras.

*

Je raccrochai brutalement. Pour la énième fois, j'avais essayé d'appeler et une sonnerie « occupé » m'avait répondu. Mon temps et plus encore ma patience étaient comptés.

« Quelqu'un veut-il m'expliquer comment marchent ces nouveaux téléphones ? » lançai-je à ma secrétaire par la porte de mon bureau.

Gwen Sturdivant, mon assistante depuis dix ans, vola à mon secours :

« D'abord, assurez-vous que vous avez sélectionné une ligne qui n'est pas déjà prise, commença-t-elle.

— Je sais, Gwen, lui répondis-je sur un ton agacé. J'ai trente-huit ans. D'habitude, je peux me servir d'un téléphone. Je veux savoir pourquoi j'ai droit à cette tonalité "occupé" chaque fois que je passe un coup de fil.

— Après avoir composé le numéro, vous devez attendre le signal et taper le code du client que vous facturez », poursuivit-elle calmement.

Au début, le paiement du téléphone, comme de l'électricité et des autres dépenses générales, s'effectuait à réception de facture adressée à la société. Désormais, tout – les télécopies, les photocopies, les appels téléphoniques – fonctionnait avec un code. Dès que quelqu'un aurait trouvé moyen de le programmer, mon agenda électronique aurait aussi le sien. Les tâches habituelles, comme lancer un appel, étaient devenues plus exaspérantes pour que la société puisse facturer les clients au centime près.

« Appelez-moi Doug Crenshaw ! » grommelai-je.

Je travaillais chez Mathers, Williams & Hurst depuis treize ans. Comme bien des nouveaux venus, j'avais franchi le seuil les yeux brillants, tout imprégné de l'optimisme naïf des jeunes diplômés en droit. À l'époque, le cabinet ne comptait que seize avocats, mais il était parfaitement situé, à quelques kilomètres de chez ma mère. Mon père était mort d'une crise cardiaque cinq ans plus tôt et je voulais me rapprocher de sa veuve pour veiller sur elle, au cas où... Pour mon épouse, dont la famille n'habitait qu'à trois heures de là, le fait que je prenne cet emploi était idéal.

J'avais passé ma première journée chez MW & H en réunions. Elles avaient duré treize ans. Je participais à des réunions avec les clients, les confrères, les associés, les secrétaires, les professionnels du parajuridique, au déjeuner, par téléphone... L'idée de voir une cour se pâmer devant mes prouesses verbales s'était éloignée à mesure que les associés me refilaient leurs dossiers de faillite. Dans un premier temps, le travail ne m'avait pas fait peur. Il était stimulant, voire amusant, d'aider les propriétaires de petites ou de grosses boîtes à liquider leurs actifs, et de voir tous ces zéros sur une page se réduire à un unique œuf de poule. D'une certaine façon, de « collègue qui donne un coup de main dans les affaires de faillite », j'étais devenu au fil des ans « notre confrère spécialiste des faillites ». Ayant ravalé ma déception et accepté de ne jamais devenir un ténor du barreau – les affaires de faillite qui finissaient au tribunal se traitaient par de simples énoncés de faits, et non par ces plaidoiries, mi-confrontation mi-tour de force, dont j'avais toujours rêvé –, je me plongeai dans ces dossiers pour impressionner les associés. Après avoir fait mon trou dans la société, je m'attaquai à l'objectif de tous les jeunes étudiants en droit : devenir associé en sept ans, pas un de plus.

Je m'aperçus que, si je m'attelais à une tâche et m'y consacrais avec diligence, tout se passerait comme prévu. Ce constat s'appliquait aussi à ma femme.

J'avais rencontré Kate Abbott pendant ma dernière année de droit. Ce fut un coup de foudre. Elle venait d'emménager dans le quartier où je partageais un appartement avec cinq colocataires. Mes parents assuraient les frais de scolarité et les livres, sous réserve que je subvienne à mes propres besoins. J'avais donc accepté des petits boulots pour me payer ma nourriture, mon loyer, mes vêtements et la modeste voiture que mes moyens me permettaient. En ce temps-là, mes repas se composaient de macaronis au fromage, de nouilles précuites et, plus rarement, de l'offre spéciale « cinq burgers pour un dollar » du fast-food local. Je possédais un costume que mes parents m'avaient acheté pour passer le bac, trois jeans, plusieurs sweat-shirts élimés, deux chemises, des mocassins aux semelles trouées et de vieilles baskets. J'aurais jugé ma garde-robe pathétique si celle de mes colocataires ne lui avait pas ressemblé trait pour trait.

La première fois que j'avais vu Kate, elle déchargeait des cartons et des meubles d'occasion par l'arrière d'une camionnette. J'eus envie de la connaître, puis, lorsque ce fut chose faite, de l'épouser. Ravissante, elle avait les cheveux d'un noir de jais. Quand elle éclatait de rire, l'air résonnait d'une mélodie à nulle autre pareille. Nous nous étions mariés une semaine après la fin de mes études.

Comme la plupart des jeunes diplômés, j'étais pauvre et criblé de dettes. Kate continuait à travailler au service marketing d'un petit hôpital du coin pendant que je cherchais un emploi. Son maigre salaire nous permettait de payer le loyer d'un minuscule deux-pièces et de mettre de l'essence ou des bougies dans notre Plymouth Champ toute cabossée. Nous savions que nous devrions manger de la vache enragée pendant quelques années, mais que nous vivrions correctement quand ma carrière aurait démarré.

Grâce au travail que j'avais trouvé chez Mathers, William & Hurst, l'argent commençait à rentrer. Kate proposa que nous restions dans notre appartement ou que nous emménagions dans un petit immeuble en copropriété pour économiser en prévision de notre avenir. Je m'y opposai : nous ne pouvions recevoir mes collègues dans une pièce exiguë, meublée de vieilleries venues de nos parents ou d'entrepôts de récupération. Qu'on le veuille ou pas, le rôle d'avocat a besoin du décor d'une maison.

Nous achetâmes une grande demeure en brique située dans un quartier résidentiel et la remplîmes de meubles. À ma vieille garde-robe ne tardèrent pas à se substituer des chemises Polo fraîchement empesées, des costumes Hart Schaffner et Marx ainsi que des chaussures Johnston et Murphy. La Plymouth Champ me paraissant indigne de Kate, je la vendis pour cinq cents dollars. J'offris à ma femme une berline Volvo d'occasion qu'elle trouvait « sans personnalité » et qui vint rejoindre ma nouvelle BMW dans notre garage à deux places.

Les voitures, comme la maison et le mobilier, étaient payés. Kate avait grandi dans une famille où tout s'achetait comptant. Elle était étudiante lorsque ses parents avaient eu leur première carte de crédit, qu'ils utilisaient en cas d'absolue nécessité ; le solde était arrêté au début de chaque mois. Malgré tous ses efforts, elle ne jugeait pas indispensables à notre bien-être le lecteur de CD Carver, le magnétophone à cassettes, l'ampli et le préampli, la platine Thorens, les enceintes B & W, le magnétoscope hi-fi Mitsubishi ou le monitor Proton 27 pouces. Mais je finissais toujours par avoir le dernier mot. Chaque article était le meilleur que nous puissions nous offrir et je justifiais de tels achats par ce raisonnement : « Nous avons de l'argent et nous ne sommes pas encore entravés par la présence d'enfants. Profitons-en pendant qu'il en est encore temps. » Lorsqu'elle se plaignait que la maison était trop grande, ce qui arrivait souvent, je lui rappelais que nous aurions besoin de chambres supplémentaires à la naissance des gosses.

Nous allions fêter notre cinquième anniversaire de mariage lorsqu'elle tomba enceinte. J'avais pensé que nous attendrions encore un ou deux ans pour fonder une famille. Quelques mois après le début de sa grossesse, je voulus vendre la maison pour emménager dans un quartier où les infrastructures scolaires étaient meilleures.

« Robert, le bébé n'ira à l'école que dans plusieurs années, protesta-t-elle.

— Quand il sera là, nous aurons deux fois plus d'objets et le déménagement sera deux fois plus pénible, répondis-je. C'est le moment. »

Nous mîmes la maison en vente et commençâmes à en chercher une autre. Plusieurs de mes collègues habitaient ce qu'on appelait alors Adams Hill, un quartier ancien qui se vantait d'abriter des fortunes encore plus anciennes. Cet endroit tirait son nom de Thomas Adams, l'un de ses premiers occupants, qui se disait apparenté à John Quincy Adams, le Président. Aucun des résidents n'avait pris la peine de vérifier cette généalogie.

Les gens riches et influents vivaient à Adams Hill depuis le début du XXe siècle. Les rues étaient bordées d'érables rouges et de chênes géants dont l'âge dépassait celui du plus vieil habitant du secteur. On tondait les pelouses avec un soin tout professionnel ; on taillait et on égalisait les haies au sécateur. Les bâtisses parfaitement entretenues étaient faites de brique, de bois ainsi que de pierre, et aucun parement de matière plastique n'y était visible. De vastes demeures victoriennes aux imposants péristyles se nichaient sous les arbres, voisinant avec des maisons coloniales dont l'entrée était flanquée de colonnes antérieures à la guerre de Sécession. Elles avaient toutes un étage. Nombre d'entre elles s'ornaient même d'une plaque, fixée près de la porte principale, où se lisaient l'année de construction et d'autres renseignements jugés dignes d'intéresser les heureux élus qui tireraient la sonnette. Trouver des résidences à acheter, alors qu'elles se transmettaient d'une génération à la suivante, était quasi impossible.

L'écran de notre agent immobilier avait à peine affiché la nouvelle liste des biens à vendre que la jeune femme nous avait déjà appelés. J'avais les mains moites à l'idée de visiter la maison de mes rêves. Kate elle-même ne put s'empêcher de sourire lorsque la voiture tourna dans l'allée. Devant la façade de pierre grise et de bois blond se dressait un magnifique péristyle à deux niveaux. C'était une grande demeure, ce qui entraînerait, bien évidemment, une grosse hypothèque, mais je tenais à ce que Kate ait beaucoup d'espace pour aménager un joli nid à notre famille. Un foyer comme celui de ma mère, où un feu de cheminée et un immense sapin brilleraient à Noël.

La société se déclarait satisfaite de moi, mais je regrettais parfois de ne pas avoir ouvert un cabinet privé, comme un si grand nombre de mes copains de droit. J'aurais recruté deux ou trois confrères et j'aurais peint mon nom en lettres d'or sur la porte (Robert Layton & Associés). Au lieu de trimer quatre-vingts heures par semaine pour les autres, j'aurais pu être mon propre patron. C'était trop tard pour changer, comme le confirmait notre tout nouveau prêt hypothéqué. Je compensais ma perte de liberté en songeant à la sécurité que me valait le fait d'appartenir à une grosse boîte.

★

Je me trouvais dans ma septième année à leur service quand les associés de Mathers, Williams & Hurst m'avaient accueilli à l'unanimité dans leurs rangs. Ils me firent appeler dans la salle de réunion. Chacun était calé dans un fauteuil de cuir, devant la table en merisier qui occupait toute la longueur de la pièce. Ils m'annoncèrent leur décision, me félicitèrent en me tapant dans le dos, promirent de très vite venir à la maison avec leur épouse et retournèrent travailler. Au total, la fête avait duré deux minutes. Je restai assis tandis qu'ils sortaient un par un et pensai que cet instant ne répondait pas à mes attentes. Puis je regagnai lentement mon bureau, fermai la porte et me mis à parcourir les dossiers de faillite que Gwen m'avait déposés le matin même.

Je fus si occupé jusqu'au soir que j'en oubliai de téléphoner à Kate pour lui faire part de la nouvelle. Au moment où je tournais dans l'allée, je vis que la maison n'était pas éclairée. Kate, alors au septième mois de sa seconde grossesse, était sans doute trop fatiguée d'avoir couru après Hannah, notre fille de deux ans. Comme la première fois, l'événement n'avait pas été programmé. Pour tout dire, j'aurais aimé attendre quelques années avant d'avoir un deuxième enfant. J'étais si pris que j'avais à peine le temps de voir Hannah. J'avais peur de ne pas pouvoir être un bon père pour le numéro deux... et dans le cas contraire, de l'être aux dépens d'Hannah.

Bien entendu, Kate était aux anges. Hannah avait apporté à sa vie une joie que je ne lui avais pas vue depuis longtemps et je savais que ce bébé-ci en ferait de même. Kate adorait la maternité. Je dois reconnaître qu'elle était bien plus faite pour être mère que moi pour être père. Il me fallait réfléchir pour comprendre ce que notre fille disait, alors que Kate pouvait mener avec elle toute une conversation sans perdre le fil un seul instant.

J'ouvris la porte de la chambre d'Hannah. À l'autre bout de la pièce, sa veilleuse Winnie l'Ourson me souriait. Je m'avançai doucement vers son lit. Quand elle dormait, elle ressemblait tellement à Kate ! En revanche, quand elle ouvrait les yeux, ils brillaient, d'après ma mère, du même feu que les miens à son âge. Je déposai un baiser sur son front, ramassai Bobo, son lapin en peluche borgne qui gisait par terre, et le replaçai sous les couvertures avant de sortir. Je jetai un coup d'œil dans notre chambre et vis que Kate sommeillait. J'entendis son léger ronflement, qui avait augmenté au rythme de sa grossesse. C'était un effet secondaire, comme l'épuisement. Et pourtant, au cours de la première, elle m'attendait toujours… Je fermai la porte et descendis l'escalier pour aller manger un morceau à la cuisine.

Dans le réfrigérateur, je découvris un hamburger enveloppé dans un film protecteur, ainsi que des macaronis au fromage. Tout en posant l'assiette dans le four à micro-ondes, je me demandai quand nous pourrions de nouveau consommer des aliments présentés sous leur couleur et leur forme d'origine, ou qui ne soient pas noyés sous le fromage trafiqué. Mais préparer quoi que ce soit était au-dessus de mes forces. Quand mon dîner bouillant se mit à éclabousser les parois du four, je le sortis, le laissai refroidir et me versai un verre de lait. L'éclairage que j'avais fait encastrer sous les éléments de cuisine diffusait une lumière blafarde. Je m'assis au comptoir et me portai un toast : « À l'associé Layton ! » Tandis que dix heures sonnaient à l'horloge, je mangeai mon hamburger caoutchouteux et mes macaronis au fromage. Tout seul.

★

Un soir, un peu avant Noël, je constatai à mon retour que la maison n'était pas éclairée, sauf par une lumière bleue qui brillait derrière la fenêtre du salon. Hannah, qui avait alors huit ans, et Lily, de deux ans sa cadette, dormaient depuis longtemps. Cette semaine-là, c'était la troisième fois que je rentrais tard, car il y avait toujours beaucoup à faire en fin d'année. Tout le monde travaillait quatre-vingts heures hebdomadaires et je ne pouvais réclamer aucun traitement de faveur. Pour couronner le tout, Gwen avait fondu en larmes le matin même dans mon bureau. Ses horaires la « déglinguaient » et la « crevaient ». Elle menaçait de démissionner, comme chaque année à la même saison depuis huit ans ; aussi lui avais-je accordé son après-midi, sans retenue de salaire, en sachant qu'elle serait là le lendemain, fraîche comme une rose, et qu'elle m'expliquerait combien elle était soulagée d'avoir pu faire ses achats.

Je rentrai la Mercedes au garage, posai lourdement ma serviette sur la table de la salle à manger et me rendis au salon, où je m'attendais à trouver Kate assoupie devant une rediffusion de *L'Extravagante Lucy*. Elle ne dormait pas.

« Les filles sont au lit ? demandai-je en parcourant la liasse de factures.

— Ouais.

— Vous avez passé une bonne journée ? repris-je machinalement.

— Ouais. Et toi ?

— Débordé. Tu sais ce que c'est. J'ai donné sa journée à Gwen. Elle m'a fait sa crise de larmes hivernale », dis-je en entrant dans la cuisine. J'ouvris le réfrigérateur et me mis à farfouiller, comme chaque soir, en quête des restes du dîner.

Kate se dirigea vers la table de la salle à manger et garda le regard fixe un long moment avant de lâcher d'une voix atone :

« Je suis fatiguée, Robert.

— Va te coucher. Tu n'avais pas à m'attendre, lui répliquai-je sans grande conviction.

— Non, Robert. Je suis fatiguée de tout ça. De nous. »

Je restai pétrifié, la tête dans le réfrigérateur. En mon for intérieur, je savais que notre couple était fini depuis bientôt un an, mais je n'avais jamais imaginé qu'un de nous deux aurait le courage d'aborder le sujet. J'aurais dû me douter que ce serait Kate. Elle avait toujours été la plus forte. L'année précédente, elle m'avait accusé d'avoir une liaison. C'était faux. Elle ne me croyait pas, mais je n'avais jamais eu de maîtresse. Franchement, je n'avais déjà pas assez de temps pour elle, alors comment en aurais-je eu pour une autre ? Certains soirs, je le savais, je travaillais tard, car c'était la seule chose que je pouvais faire pour les miens, le seul acte qui me permettait d'être sûr que personne ne manquait de rien, que les filles iraient comme prévu à l'université et qu'elles avaient un toit sur la tête. Certains soirs, je travaillais tard parce que je ne savais pas quoi faire d'autre et que je ne voulais pas rentrer pour affronter nos difficultés.

Je pris une espèce de plat sur l'étagère supérieure du réfrigérateur et sortis en silence une assiette du placard. Je ne parvenais pas à trouver mes mots.

« Je regrette, Robert, mais ce n'est plus possible, poursuivit Kate. Je ne peux plus faire comme si tout allait bien. Ça ne va pas bien. Ça ne va pas depuis longtemps. Vivre sous le même toit, ce n'est pas vivre ensemble. Il m'en faut plus. »

Je gardai les yeux rivés sur le plat. Il lui en faut plus, me répétai-je. Eh bien, je n'ai plus rien ; j'ai tout donné, raisonnai-je. Je ne peux pas travailler davantage. Je ne peux pas faire plus. Mais je gardai le silence.

« Regardons les choses en face. Il y a longtemps que tu nous as quittés. Nous resterons ensemble jusqu'à la fin des vacances », poursuivit-elle froidement. Elle semblait à l'aise, comme si elle avait déjà répété plusieurs fois sa tirade.

« Je ne veux pas gâcher le Noël de ma famille ou de ta mère. Si nous nous séparons maintenant, les filles ne s'en remettront pas. Mais dès la fin des vacances, tu devras trouver un autre endroit où vivre. »

Voilà. Tout était dit. Elle marqua une courte pause pour voir si j'allais réagir, mais, comme prévu, je restai de marbre. Elle monta lentement l'escalier et ferma la porte de la chambre.

CHAPITRE DEUXIÈME

À force d'y réfléchir, je sens que rien n'est plus artistique, au vrai sens du terme, que d'aimer les gens.

(Vincent Van Gogh)

Doris Patterson adorait décorer la salle de classe pour Noël. Avec ses élèves chahuteurs, elle avait découpé des flocons, des sapins, des bonshommes de neige et des Père Noël dans du carton aux couleurs vives, avant d'y coller des paillettes, du coton et du fil. Elle avait apporté un faux sapin haut d'un mètre cinquante afin d'y suspendre des guirlandes de pop-corn et de canneberges, des personnages en pain d'épices et des bâtonnets de sucre d'orge. Tout en travaillant, les enfants discutaient à voix haute, si bien qu'un vacarme dû à l'approche de la fête régnait dans la pièce.

Elle leur faisait toujours rédiger la liste des cadeaux qu'ils voulaient commander au Père Noël. Pourtant, cette année-là, elle avait rompu avec cette tradition. Elle savait ce que Nathan attendait. Elle ne pouvait pas lui ordonner de se lever devant ses camarades et de dire ce qu'il désirait si fort. Elle n'ignorait pas qu'il était prêt à restituer tous les jouets qu'il avait reçus depuis son premier Noël pour que sa mère aille mieux. Doris avait demandé à ses élèves de lui rendre une rédaction consacrée à leur plus beau souvenir de Noël. Elle espérait que ce sujet aiderait Nathan à se concentrer sur les moments de bonheur qu'il avait partagés avec sa mère, et non sur ceux qui n'adviendraient jamais.

Quand le père du petit garçon lui avait annoncé la maladie de Maggie, Doris lui avait proposé de ramener son fils en voiture tous les jours. Le car scolaire marquait de nombreux arrêts et il fallait trois quarts d'heure à Nathan pour rentrer chez lui. Doris, elle, ne mettrait que quinze minutes.

« Je ne peux pas accepter, madame Patterson », s'était écrié Jack d'un ton sans réplique.

Elle avait insisté. Elle se souvenait qu'elle aurait tout donné pour passer quelques minutes supplémentaires avec sa mère. Selon certains de ses collègues, elle allait trop loin. Mais si sept kilomètres supplémentaires permettaient à Nathan de passer une demi-heure de plus au côté de Maggie, alors elle serait heureuse de les parcourir.

D'ordinaire, ils roulaient sans parler. Doris ne le forçait pas, quand bien même elle s'interrogeait sur ce qu'il avait en tête. Peut-être rien de triste. Peut-être songeait-il à une guérison miraculeuse. Doris en avait rêvé quand elle était petite ; Dieu touchait sa propre mère et faisait disparaître le mal qui la rongeait. Pourtant, elle le savait, il arrivait souvent que les miracles n'aient pas lieu, que les malades ne guérissent pas. Dans le silence de la voiture, elle priait pour son petit passager. Pour la paix… l'espoir… le bien-être.

Nathan claqua la portière et remonta en courant l'allée de gravier qui menait chez lui. Un bonhomme de neige inachevé se dressait dans le jardin, mais celui qui l'avait commencé l'avait abandonné. Il ne se composait que d'une grosse boule, sur laquelle des bâtons représentaient les bras, des pommes de pin les yeux et une bouteille de soda le nez. Ni la chaussée ni les trottoirs n'étaient dégagés. Les passants avaient tassé la neige de leurs pieds. Ce jour-là, Nathan et sa mère devaient confectionner des cookies pour les parents et les voisins. Tous les ans, ils y travaillaient des heures durant. Ils y ajoutaient des billes en sucre argentées, puis ils les enveloppaient dans du papier-cadeau et ils les offraient. Lorsqu'il ouvrit la porte, sa grand-mère Evelyn sortait le beurre, les œufs et les ustensiles qu'ils allaient utiliser. Sa mère, allongée sur un lit médicalisé installé au salon, sourit en le voyant entrer.

« On commence ? s'écria-t-il.

— On commence ! confirma Maggie en riant. On n'attendait plus que toi.

— Alors allons-y ! lança-t-il en la tirant par les manches de son peignoir.

— Pour le moment, je surveille Rachel, dit-elle en lui montrant le parc. Je viendrai vous aider dans une minute. »

Les yeux de Maggie s'emplirent de larmes tandis qu'il disparaissait en gambadant dans la cuisine. Elle n'aurait pas la force de les aider. Sa mère et elle le savaient bien.

Evelyn était arrivée le jeudi précédent, le jour où Sylvia, l'infirmière à domicile, s'était présentée pour la première fois et où le fourgon de l'hôpital avait livré le lit. Evelyn était venue tous les jours, mais Jack lui avait demandé de rester vingt-quatre heures sur vingt-quatre en lui expliquant que Maggie n'avait plus l'énergie de s'occuper de Rachel.

C'était une veuve active, âgée de soixante ans, qui supportait mieux la mort de son mari, décédé quatre ans plus tôt, que la disparition imminente de sa fille cadette. Ce n'était pas normal. Les parents étaient censés s'en aller les premiers. C'était là le déroulement logique de la vie. Parfois, seule sous la douche ou en voiture, elle pleurait à s'en faire éclater le cœur. Elle versait des larmes sur ses petits-enfants, sur Jack, sur sa fille si belle et sur cette douleur qui empirait de jour en jour.

Maggie entendit sa mère casser les œufs dans le saladier. Chaque geste s'accompagnait d'un rire de son fils. Elle aimait l'entendre rire. Depuis quelques mois, bien qu'on ne lui ait rien dit de l'ampleur du mal, Nathan était devenu grave. Evelyn tendit le cou et adressa un clin d'œil à sa fille. Puis elle tartina de pâte gluante le bout du nez de son petit-fils, faisant naître en lui un nouveau rire qui secoua la frêle silhouette de la tête aux pieds. Rachel se dressa dans son parc pour voir ce qui se passait et gloussa de bon cœur. Après s'être assise avec difficulté, Maggie écouta sa mère et Nathan qui s'appliquaient à former chaque biscuit. Ce seraient les dernières senteurs de Noël, les derniers sourires de son petit garçon, les derniers gazouillis de son bébé qu'elle connaîtrait jamais. Elle ne voulait pas les ranger dans la malle aux souvenirs, mais au contraire vivre pleinement l'instant présent et aimer de toute son âme.

★

Maggie avait rencontré Jack Andrews à vingt-trois ans. Les freins de la nouvelle Ford Escort 1974 qui faisait sa fierté rendaient un son étrange ; aussi confia-t-elle le véhicule à City Auto Service. Une collègue de la boulangerie du supermarché Ferguson lui avait conseillé ce garage en raison de son honnêteté. Quand elle pénétra dans l'atelier, un jeune homme s'avança en essuyant ses mains tachées de cambouis. Immédiatement séduite par ses yeux d'un bleu intense, elle lut le nom brodé sur la cotte verte : Jack. Un beau nom, un nom de travailleur.

« Qu'y a-t-il pour votre service ? » demanda-t-il en lui décochant le sourire le plus sincère qu'elle ait jamais vu. Il faisait rarement attention aux gens qui venaient faire réparer leur voiture. Lorsque Maggie avait extrait sa silhouette élancée de l'habitacle, qu'elle avait soigneusement ramené ses mèches noires derrière ses oreilles et qu'elle avait souri, il s'était soudain senti piqué d'un intérêt qui n'était pas que professionnel.

« Je crois que ce sont les freins », répondit-elle.

Six mois plus tard, elle lui disait « oui ».

À la naissance de Nathan, Maggie demanda un mi-temps chez Ferguson. Elle et Jack ne voulaient pas laisser leurs enfants à la crèche, sous la surveillance d'inconnues. S'ils ne pouvaient aménager leurs horaires pour qu'un d'entre eux s'occupe de Nathan, il était entendu que Maggie arrêterait de travailler. Ce choix impliquait qu'ils ne pourraient pas vivre dans une grande maison d'Adams Hill ou s'offrir de beaux meubles. À la pensée que leur enfant serait élevé par ses parents, ils se consolaient toutefois de ce sacrifice.

Nathan avait deux ans lorsque Maggie et Jack emménagèrent dans une maisonnette de plain-pied à parement d'aluminium. Située dans la 14e Rue, dans un quartier calme aux constructions plus anciennes, elle avait grand besoin de rénovations. La toiture fuyait dans la chambre qui allait être attribuée à Nathan ; sous l'évier, le plancher de la cuisine était pourri à cause d'une fuite ; la charpente était endommagée par les termites ; il fallait changer le revêtement de sol dans toutes les pièces ; enfin, une bonne partie de la plomberie rouillée devait être remplacée par de nouveaux tuyaux en cuivre. L'idée d'acheter un bien dans cet état aurait rebuté d'autres couples, mais Jack était un « as de la bricole », comme le surnommait Maggie, et elle adorait lui donner un coup de main. Elle pouvait poncer un parquet aussi bien qu'un homme ou, à plat ventre sous l'évier des heures durant, tenir une lampe-torche sans se plaindre pendant qu'il se contorsionnait pour effectuer les soudures. Elle aimait le regarder à l'œuvre. Les travaux leur offraient de longues heures à passer ensemble. Alors que d'autres s'échinaient à trouver des sujets de conversation, Jack et Maggie n'étaient jamais à court de dialogue. Quand ses copains voulaient sortir après le travail, Jack rentrait chez lui. Ils se moquaient de lui en le traitant de pépère. Même si c'était vrai, il n'y prêtait pas attention. La compagnie de Maggie lui plaisait plus que tout au monde. À son retour, il aimait découvrir les améliorations qu'elle avait apportées à leur demeure qui, de la construction la plus minable du coin, était peu à peu devenue la plus jolie.

Deux grands ormes se dressaient devant la façade. Derrière poussaient un chêne et un érable. Maggie n'en avait jamais vu d'aussi beaux. Toute sa vie, elle avait voulu vivre dans une maison entourée d'arbres centenaires. Et voilà que son rêve était devenu réalité. Elle se mit à biner la terre au pied des géants pour la préparer à accueillir un anneau de tulipes ou de jonquilles. Elle retourna la terre devant la minuscule véranda et planta du phlox rampant au bord du trottoir, des œillets autour des arbustes, des belles-de-jour entre deux buissons, des chrysanthèmes et de la sauge farineuse Victoria près de la maison, ainsi que des pensées pour combler les vides de touches de violet, de rouge et de jaune. Tous les après-midi, à l'arrivée de Jack, elle les prenait, Nathan et lui, par la main pour leur montrer qu'elle avait assigné telle fleur à tel endroit et leur préciser à quel mois elle s'ouvrirait.

Lorsqu'elle s'aperçut qu'elle était de nouveau enceinte, les yeux de Jack se voilèrent de larmes. Dans ces moments-là, l'amour qu'il suscitait en elle la rendait humble : elle était bouleversée par le fait que Dieu le lui ait envoyé. À la naissance du bébé, elle arrêterait de travailler et resterait chez elle. Sur le plan financier, ce serait juste, mais ils y arriveraient. Jack gagnait sa vie modestement, mais honnêtement, chez City Auto Service, où il était salarié depuis cinq ans déjà. Bientôt, il serait de nouveau augmenté. La famille ne s'en porterait que mieux.

Le garage appartenait à Carl, Mike et Ted Shaver. À l'origine, ils avaient baptisé leur garage « Aux Trois Frères ». Puis, après avoir décrété que ce nom faisait penser à une société détenue par la Mafia, ils avaient adopté celui, bien plus respectable, de City Auto Service. Leur petite entreprise employait deux personnes à plein temps – Jack à l'atelier, Jeannie au bureau – et un salarié à temps partiel qui travaillait le samedi. Mike s'occupait de la gestion – à l'en croire, il n'aurait pas su changer une batterie, même s'il y allait de sa vie –, tandis que Carl et Ted se salissaient les mains. Les Shaver étaient de bons patrons. Grâce à eux, Jack en avait appris davantage qu'à l'école. Ils prenaient à leur charge l'assurance de leur personnel et leur offraient pour Noël une énorme dinde ainsi qu'une prime.

La nuit, quand Jack se tournait et se retournait dans le lit en s'inquiétant pour l'argent, Maggie lui disait toujours : « Il y a une différence entre le besoin et l'envie. Or tous nos besoins sont comblés. » Lorsqu'il craquait, désireux que Maggie fasse ses courses dans les grands magasins, comme les femmes qu'elle connaissait, et non dans les solderies ou les boutiques discount, elle prenait le visage de son mari à deux mains et lui murmurait : « Ce n'est pas grave, Jack. Rien n'est grave. On a la santé. On est heureux. Tout le reste, c'est du superflu. Peut-être qu'un jour on l'aura, mais pour le moment on peut s'en passer. » Ça suffisait pour qu'il reprenne le dessus. Elle savait parler à l'âme de Jack comme personne.

Des années auparavant, il se voyait rester célibataire. Désormais, quand il pensait à cette époque, il remerciait Dieu d'avoir envoyé Maggie à City Auto Service.

Pendant qu'elle attendait Rachel, Maggie s'était souvent sentie ballonnée. Elle n'y prêtait pas attention et attribuait le problème à sa grossesse. Dès qu'elle mangeait, elle était rassasiée. La première fois, avec Nathan, c'était très différent : tout lui faisait envie. Après la naissance de Rachel, cette gêne avait persisté. Elle l'avait mise sur le compte des effets secondaires de l'accouchement. Elle en avait parlé au pédiatre qui avait examiné Rachel lors de la visite des quatre mois. Le médecin pensait qu'il y avait un rapport avec la grossesse, mais il avait conseillé à Maggie de se faire examiner. Un autre mois s'était écoulé avant qu'elle se décide à consulter son gynécologue. Celui-ci avait pratiqué toute une batterie d'examens et lui avait fixé rendez-vous quinze jours plus tard pour lui communiquer les résultats.

★

Maggie, portant Rachel sur la hanche, se présenta à l'accueil.

« Désolée, lui dit la réceptionniste. Le docteur est resté toute la matinée en salle d'accouchement et il a pris du retard. Asseyez-vous. Ça risque de durer un moment. »

Une femme en tailleur bleu marine, une belle serviette de cuir italien à la main, s'approcha du comptoir au moment où Maggie prit un siège.

« Je viens voir le docteur Nylander, commença-t-elle.

— Il est en consultation, grommela la réceptionniste en levant à peine les yeux de son écran d'ordinateur.

— Alors j'attendrai, répondit la visiteuse en balayant du regard la salle d'attente presque pleine.

— Ce sera long, insista son interlocutrice d'un air pincé. Il y a trois patientes avant vous.

— Pas de problème. Il m'attend. »

Elle repéra une place vide près de Maggie, s'assit et posa sa serviette sur ses genoux. Rachel émit un gargouillis qui ressemblait au bruit d'un évier qui refoule, puis elle sourit.

La réceptionniste fit coulisser la vitre :

« Maggie Andrews.

— Ç'a été rapide, s'exclama Maggie en se dirigeant vers le comptoir.

— Madame Andrews, reprit l'employée, votre assurance ne couvre qu'une partie des examens. Le reste sera donc à votre charge. »

Elle lui tendit le document imprimé où figurait le détail des frais.

« Il faut que je paye aujourd'hui ? s'enquit Maggie en faisant passer Rachel d'une hanche à l'autre.

— Les frais doivent être réglés le jour de la remise des résultats », répondit la réceptionniste en tapant fiévreusement sur son clavier.

Maggie parcourut la note du regard et demanda d'une voix hésitante :

« Y aurait-il moyen de s'arranger pour échelonner le paiement sur plusieurs mois ?

— Les examens sont censés être réglés le jour où ils sont remis au patient, répéta la réceptionniste, suffisamment fort pour que tout le monde entende.

— Je comprends, souffla Maggie, mais ça me rendrait service de payer un peu tous les mois.

— Je vais voir à qui je peux en parler », lâcha l'employée en refermant la vitre.

Gênée, Maggie se rassit en malmenant Rachel, qui se mit à pleurnicher.

« Son charme a dû lui valoir son poste, chuchota sa voisine en souriant. Je travaille ici et j'aimerais pouvoir dire qu'elle est dans un mauvais jour. Mais malheureusement, je ne l'ai jamais vue dans un bon jour. »

Maggie étouffa un rire, se détendit et demanda :

« Que faites-vous ici ?

— Du marketing en free-lance. Je fais partie de l'équipe responsable du rapport annuel. Nous interrogeons les médecins et les malades de tous les services, nous étudions le nouveau matériel, nous examinons les procédures et nous rédigeons nos conclusions... Je m'appelle Kate. »

Elle lui tendit la main.

« Maggie Andrews. »

Rachel, prise d'un hoquet, se tortillait sur les genoux de sa mère.

« Elle est belle, dit Kate en admirant les grands yeux brillants de la petite.

— Quand elle n'est pas grognon... », répondit Maggie en éclatant de rire.

« Comment s'appelle-t-elle ? reprit Kate.

— Rachel.

— Oh ! J'ai failli avoir une Rachel. J'hésitais entre Hannah et Rachel. Le jour de sa naissance, je l'ai regardée et je me suis décidée pour Hannah.

— J'adore ce prénom, répondit Maggie en adressant un sourire au bébé qui gigotait toujours. C'est un beau prénom dans lequel grandir.

— Exactement ! Quel âge a-t-elle ?

— Cinq mois et demi, répondit Maggie d'une voix douce. J'ai aussi un garçon de sept ans en CE1. Et vous ?

— Deux filles. La plus jeune est entrée en maternelle cette année. Un véritable déchirement !

— Quand j'ai conduit Nathan au car, pour sa première journée de maternelle, j'ai passé toute la matinée à pleurer. C'est pourquoi j'emmène celle-ci partout. »

Rachel couina et toussa, avant de s'arc-bouter en hurlant à pleins poumons.

« Excusez-moi, dit Maggie en prenant le bébé contre son épaule. Elle a des problèmes de digestion.

— Je sais ce que c'est, répondit Kate d'un ton réconfortant. Les miens étaient sujets à la colique.

— Vous en voulez d'autres ? reprit Maggie en tapotant le dos de Rachel.

— Oh, j'aurais adoré ! Mais pas mon mari, je crois... »

Maggie aimait bien cette femme distinguée. Contrairement à l'idée qu'elle se faisait des riches, Kate n'était pas imbue d'elle-même.

« Que fait-il dans la vie ? lui demanda-t-elle en essayant de calmer Rachel.

— Avocat », répondit Kate.

Il y avait une étrange tristesse dans sa voix. Maggie éprouva une soudaine compassion pour sa voisine.

« Et le vôtre ? lui retourna Kate.

— Mécanicien.

— Maggie Andrews ! appela l'infirmière, debout dans l'encadrement de la porte.

— Oh, c'est encore à moi, dit Maggie en continuant de tapoter le dos de Rachel.

— Je peux vous la garder, si vous voulez, lui proposa Kate en souriant. De toute façon, je ne verrai le docteur que quand il en aura fini avec ses patientes. »

Maggie n'aurait jamais laissé son enfant à une étrangère, si sympathique soit-elle. Elle lança un regard embarrassé à l'infirmière qui l'attendait.

« Ce serait trop vous demander..., se risqua-t-elle.

— Tout le monde ici se porte garant de Kate, Maggie, la rassura l'infirmière. On la connaît depuis longtemps. Si vous voulez, vous pouvez lui laisser Rachel dans le bureau du Dr Nylander pendant qu'il vous reçoit. Si ça vous facilite les choses... À vous de voir.

— Le docteur ne va pas trouver à redire ?

— Pas le moins du monde. De toute manière, il doit discuter avec Kate dans son bureau. »

Maggie lisait dans les yeux de l'infirmière que son bébé serait en parfaite sécurité.

« Merci beaucoup, dit-elle, rassurée, en tendant Rachel à Kate.

— De rien. Ça fait trop longtemps que je n'ai pas tenu un enfant aussi petit... »

Comme Maggie, elle se mit à tapoter le dos de Rachel et entra dans le bureau du docteur Nylander. Kate aimait la souplesse de sa fonction. Elle gagnait bien sa vie. Elle pouvait déposer Hannah et Lily à l'école, travailler quelques heures et avoir fini à temps pour les reprendre. Elle n'éprouvait aucune gêne à interroger des médecins et des spécialistes venus du monde entier. Elle écrivait beaucoup de textes consacrés aux problèmes médicaux, aux nouvelles techniques et aux dernières découvertes de la recherche. On la jugeait pointue, avenante et professionnelle jusqu'au bout des ongles. C'est pourquoi l'hôpital la gardait d'une année sur l'autre. Tout en marchant, elle fit tressauter Rachel dans ses bras, lui tapota le dos et le lui caressa jusqu'à ce que la petite fasse un rot.

Lorsque Maggie sortit de la salle, elle constata que Rachel s'était endormie. Elle remercia sa nouvelle amie d'une voix faible.

« Oh, ça m'a fait très plaisir, répondit Kate en souriant. Vous vous sentez bien ?

— Merci encore, parvint à articuler Maggie en passant à son épaule la courroie du sac qui contenait les affaires du bébé.

— Au revoir, ma petite poupée », murmura Kate en serrant la menotte de Rachel.

Maggie enfouit son visage dans le corps chaud de l'enfant, déposa un baiser sur son ventre et se dépêcha de partir. Elle entendit Kate lui proposer d'aller discuter devant un café, mais ne releva pas. Le verdict du médecin l'avait laissée en état de choc. Elle était à peine assise lorsqu'il lui apprit que les examens oncologiques révélaient la présence d'un cancer des ovaires.

« Savez-vous si votre grand-mère l'a eu ? lui avait-il demandé.

— À ma connaissance, non.

— Et un autre membre de votre famille ? Une tante ou une sœur, peut-être ?

— Non, personne. »

Il voulait faire débuter les traitements agressifs sur-le-champ. Le cancer avait été diagnostiqué si tard qu'il se trouvait déjà, craignait-il, à un stade trop avancé à son goût. Il avait décroché le téléphone et lui avait pris rendez-vous avec un chirurgien. Selon toute probabilité, avait-il poursuivi, il faudrait pratiquer une hystérectomie et deux autres actes dont elle n'avait jamais entendu parler. Selon lui, on saurait si le mal s'était disséminé.

De retour à la maison, elle apprit la nouvelle à Jack, qui tenait le bébé dans ses bras. Il garda le silence quelques minutes en serrant sa fille contre lui. Il écoutait la douce respiration de Rachel et humait son odeur de lait et de talc mêlés. Il la pressa contre sa poitrine. Elle était aussi belle que sa mère. Son visage était exactement celui de Maggie. Le cœur de Jack battait sourdement sous l'effet de l'angoisse. Cette maladie allait-elle le priver de sa femme ? Pouvait-il la perdre ?

« Qu'est-ce qu'ils disent, exactement ?

— Ils ont prévu d'opérer lundi. »

Il sentit son rythme cardiaque s'accélérer.

« Ils commenceront la chimio juste après, reprit Maggie.

— Ils ont évoqué le pronostic ?

— Non.

— D'après eux, il y a des chances de guérir de ce type de cancer ?

— Ils n'en ont pas parlé. »

S'ils avaient passé la question sous silence, ne put-il s'empêcher de penser, c'est que les chances étaient faibles, très faibles.

★

Maggie ouvrit les yeux et s'aperçut qu'elle avait somnolé, perdue dans ses souvenirs. Elle se redressa avec peine et écouta sa mère discuter avec Nathan dans la cuisine. Quand Evelyn ouvrit la porte du four pour en sortir une nouvelle plaque de cookies, un arôme de vanille se répandit dans le salon. Maggie baissa les paupières. Que ne donnerait-elle pas pour être couverte de farine, pour observer le regard de son fils tout en sortant, les unes après les autres, les plaques de cookies brûlants du four ! Elle se couvrit le visage du bras.

« Oh mon Dieu, aidez-moi, supplia-t-elle. Je ne veux pas laisser mes enfants. Je ne veux pas laisser mes petits. »

Elle pouvait résister à la douleur de la maladie, mais celle de son cœur atteignait les limites du supportable. Nathan courut la rejoindre. Il portait un plateau de cookies en forme de Père Noël, couverts d'un glaçage tout frais, qu'il posa maladroitement sur le ventre de sa mère.

« Oh, regarde-moi ça ! Quel pâtissier tu fais ! » s'exclama Maggie.

Elle s'essuya les yeux en espérant qu'il ne remarquerait rien. Il s'approcha avec vivacité de la tête du lit et, d'une main experte, le fit passer en position assise.

« Et maintenant, la barbe ! » s'écria-t-il en courant chercher un bol de noix de coco râpée à la cuisine.

Maggie et lui disposèrent les copeaux blancs sur le visage souriant des Père Noël. Tout en s'affairant, ils ne cessaient de rire et de bavarder.

CHAPITRE TROISIÈME

L'homme est né cassé. Il vit en se rafistolant. La colle, c'est la grâce de Dieu.

(Eugene O'Neill)

Du plus loin qu'il m'en souvienne, ma mère, Ellen Layton, a toujours transformé la décoration de l'arbre de Noël en fête. Quand mon frère Hugh et moi étions petits, le rituel débutait un samedi à la première heure. D'abord, elle nous tirait du lit grâce à l'arôme du bacon, auquel venait s'ajouter celui des *pancakes* en forme de bonshommes de neige. Ensuite, toute la famille se tassait dans la camionnette pour se rendre à la ferme de John Hurley, un vieil ami de papa, d'où nous partions en randonnée dans les bois. Mon père, Albert, maniait la hache, dont il nous laissait parfois donner un coup bien ajusté sur l'arbre choisi. Même plus tard, quand il eut acheté une scie dont le moteur fonctionnait à l'essence, il tenait à ce que le sapin de Noël soit abattu avec l'antique outil à double tranchant qui lui venait de mon grand-père. C'était la tradition. Une fois rentrés, papa et moi installions l'arbre tandis que maman et Hugh bravaient le froid du grenier pour y chercher les innombrables ornements que ma mère avait accumulés au fil des ans. Elle chantait et dansait avec mon père sur le « Noël blanc » de Bing Crosby. Pendant ce temps, Hugh et moi achevions la décoration du sapin en veillant à ne pas remarquer les gamineries de nos parents.

Jamais je ne voyais maman plus heureuse qu'à cette période-là. La joie irradiait d'elle, et même de papa, qui avait pourtant l'habitude de se caler dans son fauteuil à six heures et demie tous les soirs, au terme d'une journée commencée à cinq heures du matin. Prise par l'euphorie maternelle, toute la famille chantait en travaillant, jusqu'à ce que la dernière boule ait trouvé sa place sur le sapin. Plus tard, alors que Hugh et moi étions adultes et que mon père était mort, maman continua à respecter ce rituel avec une autre veuve du quartier. Ce n'est pas parce qu'on est seule qu'on doit se priver des beautés de Noël... Quand ses petits-enfants furent là, la fête retrouva un peu de son allant d'autrefois, à cette différence près : au lieu d'aller couper des sapins près de la ferme de Hurley, nous les achetions sur le parking du supermarché. Ça allait plus vite. En outre, ils étaient plus fournis et plus symétriques que les arbres sauvages et biscornus dont mon père ornait la maison.

★

Quelques semaines avant Noël, Kate et moi faisions monter les filles dans la Mercedes et nous parcourions la courte distance qui nous séparait de chez ma mère. Pendant plus de quatre décennies, celle-ci avait vécu dans la même bâtisse en brique de style Tudor. En dépit de sa solitude et de ses soixante-huit ans, elle insistait pour transformer la façade de sa demeure en pays des merveilles hivernal. Des guirlandes de houx et de lierre surplombaient l'entrée. Au-dessus de la porte et des fenêtres, une énorme couronne d'épicéa était attachée par un large ruban de velours rouge. Au centre de chaque ouverture, des bougies électriques brillaient de tous leurs feux. Des festons de petites ampoules clignotantes entouraient les ifs, les genévriers et les arbustes à feuilles persistantes qui poussaient sur la pelouse de devant, mais aussi tous les arbres accessibles à l'aide d'une échelle, dont les plus gros formaient l'arrière-plan d'une crèche où même l'éclairage était prévu.

Enfants, Hugh et moi aidions maman à installer la crèche qu'elle avait achetée des années auparavant dans un vide-grenier. Bien que sa maison soit bourrée de magnifiques objets anciens, elle considérait cette crèche à vingt dollars comme un de ses trésors les plus précieux. Mon frère et moi n'y voyions guère plus que quelques grosses poupées en bois. Mais, tous les ans, notre mère nous expliquait : « Ce qu'il y a de plus miraculeux dans la vie du Christ, mes petits, ce n'est pas qu'il soit sorti du tombeau. C'était le fils de Dieu. Il n'y a rien d'étonnant à ce que Dieu ressuscite Son propre fils, vous ne trouvez pas ? » Nous secouions vigoureusement la tête en signe de dénégation… « Le plus spectaculaire, ce n'est pas ça du tout. C'est que Dieu ait voulu quitter les splendeurs du Ciel pour descendre ici sous les traits d'un homme. Puisque Jésus était le roi des rois, on pourrait croire qu'il serait né dans un palais, et non dans une étable crasseuse. C'est ça qui est stupéfiant ! s'écriait-elle en tournant légèrement Joseph vers Marie. C'est pour ça que Noël est un jour si particulier. Jésus est venu à Bethléem sous les traits d'un nouveau-né, d'un nourrisson qui allait grandir pour mener une vie de serviteur, et non de roi. » Elle branchait les projecteurs dont la lumière, couvrant le dos des bergers d'un liséré blanc, inondait la mangeoire où reposerait l'Enfant. « La voilà, la beauté, la merveille de Noël ! Voilà pourquoi, tant qu'on le pourra, on installera la crèche : pour s'en souvenir. Ce n'est pas un joli pense-bête ? » Conquis, nous opinions du bonnet…

Après la mort de mon père, Dalton Gregory, notre voisin depuis vingt ans, aidait maman à suspendre et à fixer les décorations de Noël. Quand il neigeait, il déblayait l'allée et la route sans qu'elle ait à le lui demander. Et en cet hiver de 1985, ce n'était pas une mince affaire… En 1965, les Gregory avaient été les premiers Noirs à emménager dans le coin. Quand les camions étaient apparus, ma mère, un plateau de sandwiches et de chips à la main, avait proposé ses services. Au début, Dalton enseignait l'histoire au lycée et sa femme Heddy était infirmière aux soins intensifs de l'hôpital. En 1976, il était devenu inspecteur des écoles. Bien que ce travail lui prenne encore plus de temps, il isolait toujours sur le calendrier le jour réservé à maman. Malgré une différence d'âge de vingt ans, maman, Dalton et Heddy étaient plus amis que voisins. Lorsque je sortis de la voiture, Dalton accrochait une guirlande lumineuse en haut de la véranda.

« Joyeux Noël, Dalton ! Cette maison mérite le premier prix, comme d'habitude...

— Y'a intérêt ! Ta mère me fait tellement travailler que j'en suis à moitié gelé !

— Mais pourquoi recommencer chaque année, Dalton ?

— Parce que j'ai trois raisons d'avoir peur dans la vie : ma mère, ma femme et ta mère. Et à Noël, l'ordre s'inverse ! »

Maman ouvrit brusquement la porte d'entrée et lança un « joyeux Noël ! » qui aurait pu réveiller les patients d'Heddy. Hannah et Lily coururent vers leur grand-mère, dont elles enlacèrent les hanches de leurs petits bras. « Et voilà mes deux Jésus ! » s'écria maman, qui les embrassa et les serra contre elle jusqu'à ce que les petites se dégagent en riant. Puis, tout en s'avançant vers la route, elle s'enquit d'un air mutin :

« Et vous, Dalton, où sont vos Jésus ?

— Laissez un peu de temps à mes enfants, répondit-il en secouant la tête d'un air las. Ils finiront bien par comprendre comment on fait les bébés ! Ce jour-là, nous aurons deux grands-mères insupportables dans le quartier.

— Peut-être, mais je serai toujours la première !

— Et la plus bruyante ! lança-t-il dans un éclat de rire.

— Vous déjeunez avec nous demain ? demanda-t-elle en balançant Lily d'avant en arrière sur son coup de pied.

— Je ne savais pas que nous étions invités.

— Eh bien c'est fait !

— Alors nous viendrons », conclut-il en agitant le bras pour la chasser.

Ma mère emmena sa couvée au salon. Ornée de poinsettias, de houx et de guirlandes d'épicéa, la vaste pièce ressemblait à s'y méprendre à un jardin botanique spécialisé dans les plantes hivernales. Au moment où Kate et moi poussions la lourde porte de merisier, maman nous montra du doigt le gui suspendu au-dessus de nos têtes. Soucieux d'éviter tout impair, nous l'embrassions sur les deux joues.

« Mais non, pas moi, protesta-t-elle sur le ton de la plaisanterie en désignant le bouquet. Vous devez *vous* embrasser. »

Kate et moi enlevions déjà nos manteaux pour nous préparer à une longue journée de décoration. Ma mère me remit prestement mon pardessus sur les épaules et, me confiant une poignée de billets, me demanda d'aller acheter le sapin.

« Les plus beaux se trouvent chez Ferguson, à l'autre bout de la ville, mais ce sont aussi les plus chers, m'expliqua-t-elle. Tu devrais peut-être aller voir sur le parking de chez Daly. Ils ont des arbres plus petits, mais meilleur marché.

— Où veux-tu que j'aille, maman ? soupirai-je.

— Va plutôt chez Daly. C'est moins loin.

— J'en ai pour une minute.

— Non, attends ! hurla-t-elle. Va chez Ferguson. Je ne supporte pas l'idée d'avoir un petit arbre. Prends-en un grand chez Ferguson.

— Tu es sûre ? »

Soupesant les avantages et les inconvénients de chaque possibilité, elle marqua une pause.

« Oui, finit-elle par se décider. Prends-en un beau chez Ferguson. »

Lorsque je refermai la porte sur moi, maman emmenait Kate, Hannah et Lily au grenier pour y chercher les ornements. Tout en les déballant, elle dirait aux petites : « Votre grand-père m'a donné ça à l'occasion du premier Noël que nous avons passé ensemble » ou : « Votre grand-père a fait ça quand il avait votre âge. » Au rez-de-chaussée, les filles lui montrèrent les décorations qu'elles avaient confectionnées avec l'aide de Kate. Le lendemain, je m'étais plaint à ma femme du désordre qu'elles avaient laissé sur la table de la salle à manger. Kate connaissait mon horreur des pièces encombrées ou mal rangées. Je l'avais accusée de l'avoir fait exprès.

Dès que Kate et moi avions franchi le seuil, ma mère avait perçu notre malaise. Sachant que ni mon épouse ni moi ne souhaiterions aborder la question, elle s'ingéniait à parler de broutilles.

« Qu'est-ce que tu fais à l'école, Lily ? demanda-t-elle à notre petite brune de six ans.

— J'apprends les insectes », répondit Lily en se tortillant.

Puis, tout en tirant sur son chandail, elle s'écria :

« Ça pique !

— Ouh ! Je n'aimerais pas apprendre les insectes, reprit maman en grimaçant.

— Moi non plus, mais on est obligés. »

Lily haussa les épaules.

« Comment va le travail de Robert, Kate ? »

Les deux femmes avaient toujours entretenu de bonnes relations. Ma mère savait rester à sa place et Kate appréciait que sa belle-mère applique à notre couple la philosophie du « Ce que je ne sais pas ne me regarde pas ».

« Toujours pareil. Débordé, répliqua Kate en plongeant la tête dans un carton de décorations.

— Gwen a fait sa crise ?

— Je crois, pouffa ma femme.

— Il va prendre un peu de vacances ?

— Le jour de Noël, dit Kate sans la regarder. Je ne sais pas s'il a prévu d'autres pauses. Vous savez à quel point il est pris.

— Papa dit qu'il a tout ça de travail sur son bureau ! » intervint Hannah, dressée sur la pointe des pieds et la main levée bien au-dessus de la tête.

Gardant ses réflexions pour plus tard, ma mère se promit d'attendre le retour de son monstrueux fils pour lui tordre le cou.

★

Bien qu'elle en ait les moyens, maman refusait de payer quelqu'un pour faire la cuisine et le ménage. « Pourquoi faire nettoyer ma maison alors que je m'en tire bien mieux moi-même ? » s'insurgeait-elle. Grâce à son salaire de cadre dans les assurances, mon père avait doté le foyer des meilleurs équipements et garanti le bien-être de ma mère, même après son décès. Je me demandais souvent si elle ne tenait pas à se charger des tâches domestiques pour s'occuper et s'empêcher ainsi de languir de mon père.

Les filles jacassaient autour de l'arbre tandis que le repas cuisait et que ma mère leur tendait des guirlandes. Chacune répartissait ses trésors sur le grand sapin pendant que Bing Crosby, Nat King Cole et Ella Fitzgerald poussaient la chansonnette. Lorsque la dernière étoile fut posée, Kate mit le couvert pour le dîner. Maman apporta le rôti entouré de pommes de terre, de carottes et de rondelles d'oignons, puis un saladier fumant de haricots verts, du jus de cuisson, des brocolis en salade, des petits pains frais et du thé glacé. Pourquoi nous servait-elle toujours le même plat ce jour-là ? Mystère. Peut-être, tout simplement, parce qu'il y avait eu une promotion chez Daly vingt-cinq ans auparavant. C'est peu pour fonder une tradition familiale, quand on y pense… Nous parlâmes de choses et d'autres, surtout des filles, de leur scolarité et de leur cours de danse. Hannah claironna qu'elle était la première doublure de Clara dans *Casse-Noisette.* Je lui promis qu'elle tiendrait le rôle principal l'année suivante. Kate lui précisa que, dans le cas contraire, nous serions tout aussi fiers d'elle. Maman abonda dans notre sens et conclut que tout allait bien. Certes, je me sentais un peu comme un imposteur, mais j'étais content de ne pas lui avoir gâché sa fête. Tandis que Lily avalait sa dernière bouchée de gâteau au chocolat, Kate se leva pour débarrasser la table.

« Laissez, Kate, je m'en occupe, insista ma mère.

— Non, belle-maman, je vais faire la vaisselle.

— Pas aujourd'hui. Emmenez les filles au salon et profitez du sapin. Jouez à ce jeu qu'elle nous ont réclamé toute la journée. Robert va m'aider. »

Sans doute reconnaissante de ne pas avoir à subir ma compagnie, Kate s'éclipsa avec Hannah et Lily.

J'empilai les assiettes sales et les emportai à la cuisine. Ma mère se mit à vider les restes dans la poubelle pendant que j'apportais les saladiers et les plats. Puis elle me demanda de but en blanc :

« Qu'est-ce qui se passe entre Kate et toi ? »

Surpris, pour ne pas dire interloqué, je la regardai droit dans les yeux.

« Qu'est-ce qui se passe ? répétai-je en feignant l'indifférence. Rien du tout...

— Robert, quel âge me donnes-tu ? poursuivit-elle en chargeant le lave-vaisselle.

— Maman, à quoi rime cette question ? Je sais quel âge tu as : soixante-huit ans.

— Et tu ne crois pas qu'en soixante-huit ans de vie j'ai acquis un peu de discernement ? Un soupçon d'intuition ?

— Nous nous sommes disputés, soupirai-je. Tu sais ce que c'est. Ça vous arrivait, à papa et à toi. Tous les couples passent par là.

— Je vous ai déjà vus vous disputer, lâcha-t-elle en refermant le couvercle de la poubelle.

— Je ne sais pas quoi dire, maman..., sifflai-je d'un ton sarcastique.

— Assieds-toi, Robert.

— Mais je te donne un coup de main...

— Je n'en veux pas, de ton coup de main. Je veux que tu t'asseyes. »

Je pris place à la table de cuisine, sur laquelle ma mère posa une cafetière. Elle continua à emplir le lave-vaisselle et se lança :

« Je connais Kate. Elle fait partie de la famille depuis longtemps. Je sais quand il y a eu plus qu'une dispute entre vous. »

Tout en faisant tourner une carte de vœux sur elle-même, je cherchai comment lui annoncer la nouvelle. Ce serait difficile, car elle aimait Kate comme une fille. Je savais que, d'emblée, elle ne prendrait pas mon parti dans cette affaire. Elle était trop droite pour ça. Je devais lui avouer la vérité et tout serait dit.

« C'est la fin de notre couple, maman », lançai-je d'un ton brusque. Et je m'absorbai dans la contemplation de la carte de vœux.

« Pourquoi ? » s'enquit-elle en transvasant un reste de brocolis dans un plat en Pyrex.

Pourquoi ? Je n'en savais rien.

« Je ne suis pas sûr.

— Sûr de quoi ? »

Je savais qu'elle ne me faciliterait pas la tâche.

« Sûr des raisons pour lesquelles c'est la fin de notre couple.

— Et pourtant, tu es mieux placé que personne pour le savoir, insista-t-elle en empilant les plats dans le réfrigérateur.

— Maman, j'ai fait de mon mieux, bredouillai-je. J'ai travaillé comme un fou. Nous avons une bonne vie. Une grande maison. J'ai donné à Kate et aux filles tout ce dont elles avaient besoin, mais ce n'est jamais assez bien. »

Je marquai une pause en attendant les objections de ma mère, qui s'affairait toujours, le dos tourné.

« Depuis deux ou trois ans, nous nous sommes éloignés l'un de l'autre. »

Assis, je guettais sa réaction. Elle sortit une éponge douce de sous l'évier et frotta soigneusement une tache rebelle sur le plan de travail. Muette, elle se contentait de m'écouter. Inquiet de ce silence, je changeai de position. J'en arrivais à souhaiter qu'elle explose au lieu de me laisser dans l'expectative.

« Nous n'avons plus les mêmes centres d'intérêt, poursuivis-je gauchement. Je crois que, dans les premiers temps, nous étions sur la même longueur d'onde, pour ainsi dire. Nous voulions les mêmes choses. Nous avions plein d'objectifs communs. Mais d'une certaine façon, au fil des ans, tout a évolué. Je ne sais pas comment. C'est pareil pour beaucoup de couples, je pense… »

Elle sortit deux tasses du placard. Elle versa du café dans celle qui se trouvait devant moi. Puis, tranquillement, elle remplit la sienne et s'assit face à moi en me dévisageant. Elle m'avait toujours dit que j'avais les yeux de mon père. J'étais certain qu'elle se demandait pourquoi je ne me comportais pas comme lui.

« Si on te demandait d'identifier le problème numéro un dans ton couple, tu saurais quoi répondre ? » me demanda-t-elle.

J'y réfléchis un instant. Cette conversation n'était pas du tout celle que j'aurais aimé avoir. « Hum...

— Tu ne vois pas où est le problème numéro un ? insista-t-elle. Moi, si. »

Je levai les yeux vers elle. Ma mère n'était pas du genre à tourner autour du pot. Enfant, je l'avais souvent entendue me dire : « Tu sais quel est ton problème ? » Et elle décortiquait tout devant moi. Mais je savais aussi que, si je lui soumettais une difficulté, elle ferait preuve d'honnêteté. Elle ne connaissait rien d'autre.

« Ton couple ne marche pas parce que tu es trop égoïste au quotidien, commença-t-elle d'un ton neutre.

— Merci de boire à ma santé, maman, dis-je en levant ma tasse.

— Vous vous êtes éloignés l'un de l'autre ? J'en ai assez d'entendre des couples qui battent de l'aile me raconter ça ! J'ai toujours envie de leur répondre : « Eh alors, mes agneaux, qu'est-ce que vous avez fait pour éviter d'en arriver là ? »

— On a tout essayé, maman.

— Mais qu'est-ce que c'est, tout ? Tu rentres à huit ou neuf heures du soir. Tu travailles le week-end. Qu'as-tu fait au juste pour préserver ton couple ? »

C'était drôle. Depuis que j'étais avocat, aucun juge, aucun procureur ne m'avait à ce point contré. Je secouai la tête en observant le tourbillon du breuvage noir qui éclaboussait les bords de ma tasse.

« Alors, Robert ! Qu'as-tu apporté à ton couple pour qu'il tienne bon ?

— Je n'en sais rien, maman. J'ai donné à Kate tout ce qu'elle voulait.

— Ce que tu ne lui as jamais donné, c'est toi.

— Je lui ai donné…

— Tu lui as donné des objets, m'interrompit-elle. Jamais toi-même. Ça fait une énorme différence. Tu as essayé d'acheter le bonheur et ça ne marche pas. Kate n'a jamais voulu habiter un château ou…

— Maman, tu as toujours habité un château et tu es heureuse.

— Parce que ton père m'a rendue heureuse, me lança-t-elle d'un ton vif. J'aurais vécu dans une boîte à chaussures avec lui. Ça n'avait rien à voir avec la maison. Kate ne t'a jamais demandé une nouvelle BMW, une grosse baraque ou des vêtements coûteux, ce n'est pas ce qu'elle veut.

— Elle n'a pas eu à me les demander. Je les lui ai offerts *avant* ! triomphai-je.

— Exactement, convint-elle. *Tu* voulais qu'elle les ait. Lui offrir des biens matériels, c'était tellement plus facile que de lui offrir une minute de ton temps ! Empiler des choses devant elle et les enfants, c'était la meilleure façon de les couper de toi. Les femmes, Robert, ont surtout besoin d'attention. Les enfants non plus ne veulent pas trente-six mille jouets. Un seul leur suffit pour s'amuser. Ils veulent en revanche que leur père leur accorde son attention, qu'il les embrasse et qu'il joue avec eux. Voilà ce que tout le monde veut depuis la nuit des temps ! »

Je parcourus la cuisine des yeux en espérant qu'elle s'arrêterait bientôt.

« Tu dis que vous n'avez plus les mêmes centres d'intérêt. Comment pourrais-tu connaître ceux de Kate, ou ses rêves ? Dis-moi de quoi elle rêve !

— Je ne sais pas, avouai-je. Des trucs habituels, d'avoir une famille en bonne santé, de voir les filles achever leur scolarité, de…

— Des attentes ! s'écria ma mère. Nous en avons tous ! Je te parle de rêves. Quels sont ceux de Kate ? »

Elle guettait une réponse qui ne vint pas. Je ne pouvais pas parler.

« Tu ne sais pas ! Tu ne restes jamais assez longtemps pour le lui demander. Et si c'étaient tes centres d'intérêt qui avaient changé ? demanda-t-elle en baissant d'un ton. S'il y avait des femmes plus intéressantes depuis quelque temps… »

Je roulai de gros yeux en gémissant.

« Il n'y a personne d'autre, maman. Pas plus aujourd'hui qu'hier. Pourquoi les femmes s'inventent-elles toujours une rivale ?

— Parce qu'elles s'imaginent que si on ne recherche plus leur attention, c'est qu'on la recherche ailleurs. »

Je préférais éviter de suivre ma mère sur ce terrain.

« Crois-moi, maman. Il n'y a jamais eu d'autre femme. Jamais. Même si je le voulais, *ce qui n'est pas le cas*, je suis trop occupé ne serait-ce que pour envisager d'avoir quelqu'un d'autre dans ma vie.

— Tu as raison, dit-elle en hochant la tête. Excuse-moi. Je n'ai pas réfléchi. Tu n'as pas besoin de liaison. Ta maîtresse, c'est ton travail. »

J'enfouis mon visage dans mes mains.

« Tu me donnes la migraine, maman. »

Passant outre à ma remarque, elle poursuivit de plus belle, avec cette phrase qu'elle avait dû lire dans un magazine féminin :

« Certains hommes ont besoin de conquêtes pour se sentir plus virils.

— Maman, on ne pourrait pas en rester là ? suppliai-je.

— Le théâtre de tes conquêtes, ce n'est pas le lit. C'est le travail. Tu n'existes que par le triomphe. Mais les petites victoires du quotidien ne comptent pas. Les premiers pas, les gribouillis sur la porte du réfrigérateur, la visite de la petite souris. Rien de tout ça ne t'intéresse. Ces moments simples, qui ne veulent rien dire pour toi, veulent tout dire pour Kate. »

Les coudes sur la table, je me pris la tête à deux mains. Malgré mes efforts pour l'arrêter, elle continuait :

« Ce qui te rend fort à tes propres yeux, c'est d'être le meilleur avocat. Ce ne sont pas tes filles qui entourent tes jambes de leurs bras et qui t'appellent papa. Ce qui recharge tes batteries, c'est l'énergie du travail, et non celle qui naît du fait d'aider à modeler la vie d'autrui. »

Exaspérée, elle se tut, poussa un profond soupir et reprit : « Je ne comprends pas que tu aies abandonné ces précieuses enfants pour une chose qui n'aura aucune espèce d'importance quand tu seras couché sur ton lit de mort. »

Je regardai ma montre. J'avais l'impression que cette torture durait depuis des heures.

« Tu as un train à prendre ? s'inquiéta-t-elle d'un ton suave.

— Non, maman, je vérifiais juste si tu avais battu ton record du discours en apnée. »

Elle partit d'un rire franc, me versa un deuxième café et me coupa une autre part de gâteau au chocolat.

« Non merci, dis-je en vain.

— Dalton et Heddy ne pourront pas le finir. Je dois m'en débarrasser. »

Pendant qu'elle me tournait le dos pour remplir sa tasse, je saisis ma fourchette pour détacher le glaçage à la noix de coco du gâteau.

« Mange tout, Robert. Pas seulement le haut », me gronda-t-elle sans se retourner.

Résigné, je rapprochai les deux parties et pris une bouchée.

« Aujourd'hui, ce n'est plus comme de ton temps, maman, articulai-je, la bouche pleine. Tout est plus compliqué qu'à l'époque où tu as épousé papa.

— Quoi, tout ? demanda-t-elle, prise d'un soudain intérêt. Le pouvoir ? Le prestige ? La course à la première place dans la hiérarchie ? »

Son front se plissait un peu plus après chaque question, comme en attente d'une réponse.

« Ça a toujours existé, affirma-t-elle d'un ton sans réplique. Rien de nouveau sous le soleil ! Toujours les mêmes erreurs, encore faut-il pouvoir les reconnaître. D'après toi, pourquoi tes collègues spécialistes des divorces sont-ils si occupés ? »

J'avalai péniblement une gorgée de café en la regardant.

« Maman, Kate et moi n'en sommes plus au stade du rafistolage. Tout est cassé depuis trop longtemps pour être réparé. Ce n'est pas ce que tu as envie d'entendre, je le sais bien, mais c'est la vérité. On devait te le dire après les vacances parce qu'on ne voulait pas te gâcher ton Noël, ni celui de ses parents.

— Voilà un comportement adulte ! persifla-t-elle.

— J'ai essayé de recoller les morceaux, je t'assure. Mais au fond, ça n'en vaut pas la peine… Kate ne m'aime plus. »

Ces paroles me blessèrent plus que je ne m'y attendais.

« Je regrette, maman, mais c'est vrai. »

Elle posa sa tasse, qui rendit un son mat.

« N'importe quoi ! s'indigna-t-elle. Je connais Kate. Je connais les femmes. Je sais qu'elle t'aime encore, mais qu'elle ne se sent pas aimée, Robert. Tout ce qu'elle veut, c'est sentir que tu l'aimes, que tu as besoin d'elle, que tu ne peux pas te passer d'elle. Tu lui donnes l'impression de vivre avec elle par devoir, et non par désir. Les femmes veulent être chéries, occuper la première place dans la vie d'un homme. Tu lui fais sentir qu'elle n'est pas en tête de tes préoccupations. Tu es du genre à payer les factures et à faire un tour au salon de temps en temps... Mais je sais qu'elle t'aime, Robert, poursuivit-elle d'une voix douce. Je sais qu'il ne lui faudrait pas longtemps pour se souvenir qu'un jour elle est tombée amoureuse de toi. Et toi, si tu mettais de côté certains principes auxquels tu t'accroches de toutes tes griffes, tu te souviendrais de la raison pour laquelle tu es tombé amoureux d'elle.

— Présenté comme ça, tout a l'air simple, ironisai-je.

— Non, répliqua-t-elle d'un ton défensif. Absolument pas. Voilà pourquoi on divorce en deux temps trois mouvements. C'est bien plus facile que de travailler sur son couple. Aucun livre ne dit que le mariage est simple. »

Ses yeux lançaient des éclairs.

« Jamais, dans l'histoire du mariage, aucun prêtre n'a dit : "Embrassez la mariée et en avant pour une vie facile !" Celui qui a dit que la vie était un long fleuve tranquille aurait mieux fait de se taire ! Il n'a rien compris ! La vie est difficile. Et, au moment où on commence à le comprendre, on vous descend dans le trou ! »

Je me laissai aller contre le dossier de ma chaise et entrecroisai mes doigts au sommet de mon crâne.

« C'est sûr que tout devait être simple pour vous, papa et toi. »

Elle éclata de rire.

« Oh mon Dieu ! Pendant les dix premières années, on était comme Ralph Kramden et Lucy Ricardo. Il voulait toujours faire à sa façon et moi à la mienne. Alors on retroussait nos manches, on sautait sur le ring et on se bagarrait jusqu'à ce qu'un des deux déclare forfait. Si on espère faire sa loi dans un couple, on risque d'être déçu ! conclut-elle en riant de plus belle.

— Ralph Kramden et Lucy Ricardo ne jouaient pas dans le même feuilleton.

— Exactement !

— Mais vous vous en êtes toujours sortis. Kate et moi, on n'y est jamais arrivés, lui répondis-je en scrutant le fond de ma tasse. À la mort de papa, tu n'as pas eu de regrets. »

Elle resta un instant pensive, puis éloigna sa chaise de la table.

« Viens avec moi », m'ordonna-t-elle en se dirigeant vers la porte.

Je la suivis à l'étage. Nous entrâmes dans la chambre qu'elle avait partagée avec mon père plus de trente années durant. Elle retroussa la courtepointe faite main qui couvrait le coffre en cèdre dont sa mère lui avait fait cadeau pour ses noces. Lorsqu'elle souleva le couvercle, le parfum de mon enfance se répandit dans la pièce. Après avoir fouillé à l'intérieur, elle sortit une petite boîte qu'elle ouvrit. Elle déplia le papier de soie qui protégeait une longue pipe à tuyau droit, taillée dans un robuste bois d'églantier. Elle me la tendit.

« Qu'est-ce que c'est ?

— Mon seul regret, murmura-t-elle. Une pipe anglaise. Ton père en a toujours voulu une. Je la gardais pour une grande occasion. »

Elle me reprit l'objet.

« Tu sais à quoi je pensais en lui tenant la main, après sa crise cardiaque, alors qu'il était dans le coma ? À cette pipe, cachée au fond de cet imbécile de coffre. »

Elle la contempla avant de la remballer.

« Je ne sais pas ce que j'attendais, poursuivit-elle calmement, d'une voix traînante. Avec ton père, chaque jour était une grande occasion, chaque jour… »

Elle reposa la boîte et abaissa le couvercle du coffre. Puis elle me fit asseoir dessus et s'installa à côté de moi.

« Ne traite pas ta femme et tes enfants comme n'importe qui, Robert, me souffla-t-elle, les yeux brillants. Tu dois les considérer comme les êtres les plus extraordinaires qui soient au monde.

— Je sais, maman, dis-je en lui serrant le bras.

— Non, tu ne sais pas. Tu sauras peut-être quand tu les auras perdus. »

Elle me prit le visage à deux mains.

« Kate et toi, vous pouvez encore vous en sortir, me dit-elle avec une absolue sincérité. C'est récupérable. Mais tu dois d'abord te rafistoler. C'est trop facile de vouloir réparer les autres. Le plus dur, c'est soi-même. Au lieu de lui en demander plus, donne-lui-en plus, donne-toi plus. »

Elle lâcha mon visage et enveloppa mes mains dans les siennes.

« On ne vit pas vraiment, reprit-elle dans un murmure, tant qu'on ne fait pas don de soi. C'est ce que tu dois faire. Qu'est-ce que je vous disais, à ton frère et à toi, au moment de Noël ? »

Les mots me sont venus tout seuls :

« C'est pourquoi Jésus est né dans une mangeoire. Il S'est abaissé afin de donner Sa vie pour l'humanité. La voilà, la signification de Noël. »

Puis, haussant la voix pour l'imiter :

« N'est-ce pas, les garçons ? »

Elle rit en me tapant sur la cuisse.

« Il t'en reste donc quelque chose ! Pourquoi ne pas avoir mis mes excellents conseils en pratique ? »

Elle avait éteint les lumières dans la chambre et s'apprêtait à descendre à la cuisine lorsque Lily vint à notre rencontre.

« Mamie, j'ai encore faim », chantonna-t-elle.

Ma mère la pourchassa jusqu'au bas de l'escalier et alla couper des parts de gâteau pour tout le monde, sauf moi – l'idée même d'en avaler une autre tranche me levait le cœur. Elle versa du lait dans de hauts verres ornés de Père Noël et s'assit à table avec les filles pour prendre la dernière douceur de la soirée. Lorsqu'elles eurent fini, elle fit une autre photo d'Hannah et Lily à côté du sapin. Vint le moment de rassembler les manteaux, les bonnets et les moufles, dans un grand froissement de Gore-Tex et de nylon, puis de s'embrasser sur le pas de la porte. Il neigeait encore. Cinq centimètres étaient tombés sur la voiture depuis notre arrivée. Maman me conseilla la prudence et me demanda de l'appeler pour lui faire savoir que nous étions bien arrivés.

Elle retourna à la cuisine, finit la vaisselle et enveloppa dans un film protecteur le reste de gâteau qu'elle gardait pour Dalton et Heddy. Après avoir fait l'obscurité au rez-de-chaussée, elle s'écroula dans son fauteuil préféré, celui que mon père et elle avaient acheté des années auparavant lors d'une vente aux enchères. Son regard se perdit dans le superbe fouillis lumineux de l'arbre que ses petites-filles avaient décoré. Elle ferma les paupières. Quelques minutes plus tard, le téléphone sonna une fois, selon le signal convenu. Nous étions rentrés sans encombre. Alors, et alors seulement, elle s'abandonna au sommeil.

CHAPITRE QUATRIÈME

On doit vivre sa vie en regardant devant soi, mais on ne la comprend qu'en regardant en arrière.

(Sören Kierkegaard)

Ce lundi-là, rien n'allait comme je voulais. J'avais rendez-vous de bonne heure avec un de mes clients les plus importants. Au moment où je sortais en trombe, Kate me rappela que j'avais promis de conduire Hannah à l'école. Elle-même devait être à l'hôpital à huit heures. La semaine précédente, elle m'avait donc demandé de m'occuper de notre fille. J'avais complètement oublié.

À cause de la circulation, j'eus vingt-cinq minutes de retard. Mon client était moyennement ravi. Comme si ça ne suffisait pas, j'avais conduit ma voiture au garage quelques jours plus tôt pour une réparation des freins. Gwen m'avait conseillé un atelier situé à la périphérie de la ville et connu pour son sérieux. Les gars m'avaient cordialement invité à leur ramener le véhicule en cas de problème.

Tout fonctionnait à merveille, mais je venais de recevoir leur facture. Le problème était là. Ils allaient m'entendre... Ce n'est pas parce qu'on roule en voiture de prix qu'on peut jeter l'argent par les fenêtres. Ils gonflent la note et ils croient qu'on ne remarquera rien ! Profitant de mon heure de déjeuner, je retournai chez eux, alors que j'avais bien d'autres chats à fouetter. Je demandai à la réceptionniste d'appeler le mécanicien qui avait effectué les travaux. Elle fit venir un type vêtu d'une cotte sur laquelle était brodé le prénom JACK.

« Voici Robert Layton, lui dit-elle. Il aimerait te poser quelques questions.

— Merci, Jeannie. En quoi puis-je vous être utile, monsieur Layton ? » s'enquit-il poliment.

Je devais avoir l'air si aimable qu'il semblait redouter ma réponse.

« Jack... C'est bien ça ? Vous avez travaillé sur ma voiture ?

— Oui, avec Carl.

— Qui est-ce ?

— Un des propriétaires. Il fait les Mercedes depuis plus de vingt ans.

— Eh bien, Jack, il devrait s'y connaître ! »

Il clignait des paupières chaque fois que je l'appelais par son prénom. Certes, j'étais dans un mauvais jour, mais, raisonnai-je, je payais cher un service et j'entendais en avoir pour mon argent. Personne n'allait me mener en bateau très longtemps...

« Si votre voiture fonctionne encore mal, monsieur Layton, nous serons heureux de vous la réparer.

— Au vu de cette facture, Jack, je me dis que je n'ai pas les moyens de vous la confier de nouveau. »

Je jetai la note sur le comptoir. Jeannie tourna la tête vers son bureau comme si elle souhaitait ardemment que le téléphone se mette à sonner.

« Pourriez-vous me fournir une explication ? »

Il étudia le descriptif des travaux et la facturation correspondante.

« Monsieur Layton, tout me paraît correct.

— Vraiment, Jack ? ironisai-je. Regardez-moi ce total !

— Nous sommes moins chers que la concurrence, m'assura-t-il.

— Moins chers ? répétai-je, sidéré, en relisant le détail. Deux cent soixante-dix dollars pour réparer des freins ! Et vous êtes moins chers que la concurrence ? J'aurais dû la confier au concessionnaire. »

Il se balançait d'un pied sur l'autre tandis que Jeannie fouillait frénétiquement dans ses tiroirs.

« Vos plaquettes étaient usées des deux côtés à l'avant, m'expliqua-t-il. On les a démontées, on a dépoussiéré les disques et on a posé des plaquettes toutes neuves. Parfois, on peut se contenter de les permuter, mais les vôtres étaient trop abîmées. On a même vérifié l'équilibrage des roues gratis.

— Ah pardon ! m'écriai-je en levant les bras au ciel. Si j'avais su, je n'aurais jamais osé me plaindre ! »

Jeannie disparut un peu plus dans un tiroir pendant que Jack, soucieux de me calmer, prenait une longue inspiration.

« Si votre véhicule vibre toujours quand vous freinez, laissez-le-nous et on le regardera encore.

— Non merci, lançai-je d'un ton sec en lui arrachant la facture des mains. Comme je vous l'ai dit, je n'en ai pas les moyens. Vous croyez pouvoir assommer les types comme moi parce que c'est Noël ! »

Encore énervé, j'ouvris à toute volée la porte du bureau et ajoutai :

« Au fait, Jack, n'oubliez pas de prévenir Carl qu'il vient de perdre un client ! »

Après quoi je la refermai violemment derrière moi.

✭

Sylvia prenait le pouls de Maggie tout en caressant le bras décharné qui reposait sur le lit. Elle jeta un coup d'œil à la photo accrochée au-dessus de la cheminée et la compara en silence à la femme émaciée qui gisait devant elle. Elle changea le goutte-à-goutte de la perfusion qui diffusait les produits chimiques dans les veines de Maggie, dont elle massa doucement les mains et les pieds. Ce dernier geste ne faisait pas partie de sa fonction, mais elle sentait qu'un contact tendre représentait l'élément essentiel de son travail. De dix ou quinze ans plus âgée que sa patiente, cette infirmière à la chevelure flamboyante était sensible et douce. Maggie l'aimait beaucoup.

« Merci », répondit Maggie en souriant.

Sylvia avait vu certains malades se défendre bec et ongles contre la mort, et ce jusqu'à leur dernier souffle. D'autres l'affrontaient sans crainte, malgré le chagrin qu'ils éprouvaient pour ceux qu'ils quittaient. Ils allaient au devant d'elle avec une étrange confiance… comme s'ils savaient. Maggie était de ceux-là.

« De rien, très chère. Vous vous sentez bien ? »

Elle connaissait déjà la réponse.

« Oui », murmura Maggie.

Sylvia avait vu d'autres femmes mourir d'un cancer des ovaires. Non, elles ne se sentaient pas bien.

« Vous me dites la vérité ? insista-t-elle d'un ton taquin. Sylvia n'aime pas qu'on lui raconte des mensonges !

— Tout va bien. Vraiment.

— Oh ! s'exclama Sylvia en se dirigeant vers le canapé. J'allais oublier. J'ai trouvé ça dans un de mes tiroirs hier soir. »

Et elle sortit un beau foulard rouge et vert de son sac.

« Les couleurs de Noël… »

Elle ôta le carré bleu qui dissimulait le crâne chauve de Maggie et la coiffa du nouveau, en le nouant de sorte que ses deux pans retombent dans le cou de la patiente.

« Mon Dieu ! Comme il fait ressortir vos yeux ! Je vais vous chercher un miroir.

— Merci, lui répondit Maggie en souriant après avoir découvert son reflet. Cette nuit, j'ai rêvé que j'avais des cheveux.

— C'est vrai ? »

Sylvia sourit. Ce n'était pas la première fois qu'on lui parlait de ce rêve.

« Et cette fois-ci ils étaient longs et roux, comme les vôtres », poursuivit Maggie. Sylvia pouffa en redressant les oreillers. « Je conduisais une décapotable et ma tignasse flottait au vent. »

Maggie s'arrêta. Elle n'aurait jamais les cheveux longs. Elle ne prendrait jamais place au volant d'une décapotable. L'infirmière lui caressa la joue et lui serra la main.

Rachel s'approchait du lit en trottinant. Elle tendit les bras vers sa mère.

« Monte-moi ! » ordonna-t-elle à Sylvia.

Elle voulait souvent rejoindre sa mère dans son lit pour lui faire un câlin. Dans ces moments-là, Maggie lui grattait le dos ou lui chatouillait les bras. La première fois, Evelyn avait craint que Rachel ne gigote trop et qu'elle ne fasse mal à sa fille. Quand Sylvia branchait la perfusion, Evelyn avait peur que l'enfant n'arrache l'aiguille du bras de Maggie. Plusieurs fois, elle avait tenté de dissuader la petite, mais celle-ci avait tenu bon : « Monte-moi ! » avait-elle protesté en frappant ses cuisses potelées de ses petits poings. Maggie était intervenue : « Laisse, maman. Fais-la monter. » Et Rachel s'était nichée contre elle sans bouger un cil.

« Très bien, mon bébé, acquiesça Sylvia en soulevant Rachel pour la déposer sur le lit. Viens ici, avec ta maman. »

Maggie entoura l'enfant de ses bras, et reprit l'histoire de Cendrillon et de son prince charmant.

Sylvia inscrivit certaines données dans le dossier de Maggie, qu'elle coinça sous son bras tout en ramassant ses affaires.

« Je reviens demain, précisa-t-elle à Evelyn.

— Merci, Sylvia, répondit la vieille dame en la raccompagnant.

— À demain, Maggie ! lança Sylvia. À demain, mademoiselle Rachel ! »

Evelyn referma la porte en souhaitant ne pas revoir Sylvia le lendemain, ni le surlendemain, ni le jour suivant, car la fréquence des visites de l'infirmière était proportionnelle à l'aggravation de l'état de Maggie. Un jour viendrait où Evelyn ne pourrait plus s'occuper seule de sa fille dans la journée et où Sylvia assurerait de longues gardes pour lui administrer ses médicaments, la laver et l'emmener aux toilettes. Evelyn chassa ces pensées et entreprit de nettoyer la salle de bains. Par la porte ouverte, elle entendait Maggie raconter des histoires à Rachel, qui en redemandait. À la fin d'un conte, la petite posait la main sur le visage de sa mère en lui disant : « Encore, maman. » Maggie se mettait alors à lui parler de Blanche-Neige ou de Rudolph, le petit renne au nez rouge qui rencontrait Joseph et Marie. Rachel s'assit sur le lit lorsqu'elle reconnut le bruit de la voiture de son père.

Depuis que Maggie lui avait appris sa maladie, Jack rentrait déjeuner. Le temps d'arriver, de manger et de repartir, l'heure qui lui était accordée était dépassée. Heureusement, Carl, Ted et Mike lui avaient dit de ne pas s'inquiéter. Peu importait s'il lui fallait prendre une heure et demie ou deux heures de pause. Jack appréciait de passer ces instants supplémentaires chez lui.

Il ôtait ses bottes dans l'entrée quand Rachel l'appela du lit. Elle lui tendit les bras et il la souleva pour déposer un baiser sur son front. Puis il la reposa, se pencha et embrassa Maggie.

« Comment te sens-tu ?

— Bien. Pas mal du tout. »

Evelyn sortit de la salle de bains et prit Rachel dans ses bras. « Qui veut déjeuner ? lança-t-elle à la cantonade.

— Moi ! » s'écria la petite en pointant le doigt vers sa poitrine.

Evelyn installa l'enfant, enfila une paire de gants de cuisine et sortit le pain de viande qu'elle gardait au chaud dans le four. Elle en déposa d'épaisses lamelles entre deux tranches de pain de mie tartinées de moutarde, ajouta deux cuillerées de salade de pommes de terre à côté du sandwich, versa un verre de thé glacé et tendit le tout à Jack, assis sur le canapé. Elle s'arrangea pour que Rachel avale encore quelques bouchées de purée et de compote, puis la mit dans son lit pour qu'elle fasse sa sieste, ce à quoi la petite s'opposait toujours avec fermeté.

« Elle ne veut jamais dormir..., soupira Evelyn quand Rachel fut couchée. On se demande de qui elle tient ça », ajouta-t-elle en lançant une œillade à Maggie.

Quand sa fille avait l'âge de Rachel, elle devait presque l'attacher sur son lit. Tout en chantonnant, Evelyn avait commencé à ranger la cuisine quand Maggie l'appela.

« Qu'est-ce que tu fais, maman ?

— Je nettoie un peu.

— Tu peux venir une seconde ? »

Evelyn posa son torchon et se précipita au salon. Depuis les dernières semaines, elle avait appris à réagir rapidement. Parfois, prise de maux qui la faisaient se tordre de douleur, Maggie l'implorait de lui apporter un médicament. D'ordinaire, ces scènes avaient lieu avant les visites de Sylvia, pas après.

« Qu'est-ce qu'il y a ? demanda Evelyn.

— Je voudrais vous parler, à vous deux, pendant que nous sommes seuls. »

Evelyn s'assit près de Jack. Ils dévisagèrent Maggie d'un air embarrassé.

« J'ai quelque chose de très important à vous dire », commença la malade.

Jack écarta son assiette et se leva pour être plus près de sa femme.

« Quoi, Maggie ?

— Il m'est venu une idée pendant que je racontais des histoires à Rachel. J'ai pensé que je devais vous en parler, parce que si seul l'un d'entre vous est au courant, l'autre risque de ne pas le croire.

— Alors, qu'est-ce que c'est ? demanda Evelyn en se levant à son tour.

— Je vous interdis de forcer Rachel à porter ma robe de mariée. »

Jack et Evelyn échangèrent un regard.

« Comment ? s'écria Jack.

— Je vous interdis de forcer Rachel à porter ma robe de mariée.

— C'est pour ça que tu me fais marcher sur des charbons ardents ? protesta Evelyn.

— Oui ! répondit Maggie en éclatant de rire. J'y attache beaucoup d'importance. Dans vingt-deux ans, je ne veux pas que l'un d'entre vous la force à porter ma robe de mariée par compassion. Il se peut qu'elle ne lui plaise pas et je ne veux pas qu'elle la porte pour vous faire plaisir. Le jour de son mariage, je veux qu'elle porte ce qui la rendra heureuse. Maintenant, jurez !

— Je te le jure, dit Jack en se pinçant les lèvres.

— Et toi, maman ? »

Evelyn croisa les bras. Elle avait déjà du mal à envisager la mort de Maggie ; alors en parler ! Et en rire !

« Tu sais que je n'aime pas ces conversations, déclara-t-elle. Je ne serai peut-être plus là pour son mariage.

— Moi je suis sûre de ne pas y être. C'est pourquoi je veux m'assurer que vous ne la forcerez pas à porter une vieillerie des années 70.

— Très bien ! Je ne l'obligerai pas. Tu n'as pas porté la mienne ; pourquoi voudrais-je qu'elle porte la tienne ?

— Voilà donc une affaire réglée ! » s'exclama Maggie.

Elle remarqua qu'Evelyn n'avait pas jugé cet échange aussi amusant qu'elle. Jack s'éloigna vers la cuisine. Il savait que ce moment arriverait, mais il n'était pas encore prêt à parler ouvertement de l'absence de Maggie. Lui non plus n'aimait pas plaisanter sur ces questions, mais si le fait de les traiter avec légèreté aidait Maggie, alors il s'y appliquerait.

Maggie constata que sa mère semblait préoccupée. Evelyn s'apprêtait à suivre Jack lorsque la malade l'arrêta.

« Attends, maman. Je ne voulais pas te froisser. »

Evelyn tapota la main de sa fille.

« Je ne suis pas fâchée. Je veux juste m'assurer que Jack a assez mangé. » Elle tenta une nouvelle sortie.

« Viens là, maman. Regarde-moi. Je ne peux pas te courir après. Qu'est-ce qui ne va pas ? »

Evelyn soupira en s'efforçant de ne pas craquer.

« Je n'aurais jamais cru devoir penser à ça, commença-t-elle à voix lente. Moi, j'aimerais que Rachel porte ta robe. J'aimerais qu'elle en ait envie. » Elle contint l'émotion qu'elle sentait monter en elle.

Jack revint au salon et s'assit près de sa femme.

« Écoutez, dit Maggie en les regardant. Nous savons que Rachel est trop petite pour se souvenir de moi à l'avenir. »

Une larme coula lentement sur la joue d'Evelyn.

« Mais j'aimerais rester vivante à ses yeux autrement qu'à travers mes seuls vêtements. Je veux qu'elle connaisse certains traits de ma personnalité, les raisons pour lesquelles je suis tombée amoureuse de son père. Je veux qu'elle sache que j'éclatais presque en sanglots quand je l'emmenais chez Ferguson et qu'on m'arrêtait pour me complimenter sur elle. Et je veux qu'elle sache que, à chaque jour qui passait, j'ai remercié Dieu de me l'avoir donnée. Voilà ce qui doit rester vivant en elle. »

Le regard fixé au sol, Jack se demandait si les conversations insouciantes ne lui seraient pas désormais interdites.

« Tu peux y veiller, maman ? Tu peux me garder en vie de cette façon ? »

Evelyn s'essuya les yeux et acquiesça de la tête.

« Oui, dit-elle avec conviction. J'en serai heureuse. »

Et pourtant, tout en elle refusait d'avoir un jour à parler de sa fille au passé. Elle voulait la prendre dans ses bras, comme lorsque Maggie était petite et qu'elle s'écriait : « Monte-moi ! », et faire en sorte que tout aille mieux.

★

Plus de dix centimètres de neige tombèrent au cours de la semaine qui précédait les vacances de Noël. Au fil des ans, Doris avait appris qu'il était inutile d'espérer la moindre concentration de la part de ses élèves à l'approche des congés. Tout en faisant passer des gâteaux, elle leur demanda de se lever chacun son tour pour lire à la classe leur plus beau souvenir de Noël.

Joshua raconta qu'il avait construit le plus gros bonhomme de neige du quartier. Au beau milieu de la nuit, un voisin un peu fou lui avait arraché la tête et l'avait réduite en un milliard de milliards de morceaux. La petite sœur de Joshua en avait pleuré pendant trois jours. Alicia expliqua qu'on lui avait offert un chiot qui avait fait pipi sur le canapé tout neuf du salon. Le meilleur souvenir de Patrick, c'était sa visite à l'atelier du Père Noël. Il avait vu comment on fabriquait les jouets et comment on les chargeait dans le traîneau. Il avait même pu caresser un renne qui, comme il le précisa à son auditoire hilare, sentait le caca. Desmond avait pris grand plaisir à aller voir son papi et sa mamie ; ils l'avaient à tel point gavé de confiture de lait qu'il en était tombé malade. Tyler avait bien aimé rester éveillé jusqu'à quatre heures du matin et surprendre le Père Noël, qui se glissait à l'intérieur de la maison par la porte de la cuisine, et non par la cheminée. Il prétendit même avoir pris une photo avec son appareil, mais ne pas l'avoir retrouvée pour la montrer à ses camarades. Bien entendu, tout le monde était horriblement déçu. Nathan, quant à lui, lut un texte court, dans lequel il allait faire de la luge avec son père et sa mère ; après quoi il mangeait du poulet et des beignets de pommes, tandis que ses parents dansaient dans toute la maison. Lorsqu'il eut fini, il se rassit tranquillement et lécha le glaçage collé au papier qui avait emballé son gâteau. Doris riait et applaudissait après chaque intervention. Et puis ce fut son tour.

Elle raconta qu'elle avait huit ans quand sa grand-mère lui avait offert une paire de souliers ornés de perles roses. Elle les avait chaussés, puis s'était mise à tourbillonner, à faire la révérence et à danser comme une belle princesse de conte de fées, avant de s'endormir dans les bras de son grand-père. Le lendemain matin, elle s'était réveillée dans son propre lit… les souliers aux pieds. « Alors je me suis levée et j'ai continué à danser, à tourbillonner et à faire la révérence ! s'exclama-t-elle sous les rires des élèves. De toute ma vie, je ne m'étais jamais trouvée aussi extraordinaire ! »

Elle leur fit chanter *Vive le vent*, *Petit Papa Noël* et *Le Petit Renne au nez rouge*, puis leur passa un dessin animé pour fêter ce dernier jour d'école. Quand l'heure de la sortie fut venue, ils poussèrent des hurlements de joie et se précipitèrent au fond de la classe pour récupérer les affaires qu'ils avaient jetées dans leur casier à leur arrivée. Elle les aida à mettre leur parka, leur bonnet, leur écharpe, leurs bottes et leurs moufles. À la fin, chacun ressemblait à une petite oie rondouillarde et multicolore. Lorsqu'elle les vit monter dans les voitures des parents ou dans les cars, elle se dit qu'elle ne s'était jamais autant amusée avec ses autres classes. Il y avait dans l'air une électricité et une joie jusqu'alors inédites. C'était sa dernière année d'enseignement. Peut-être se laissait-elle aller… Ou peut-être Dieu avait-il empli la salle de rires et de chansons pour aider un de Ses enfants à affronter la plus grande tristesse de sa vie.

En tout état de cause, Doris éprouvait un sentiment de reconnaissance. Cette journée avait été merveilleuse.

CHAPITRE CINQUIÈME

Faire acte de foi, ce n'est pas comprendre par l'intelligence, mais s'en remettre en pleine conscience à quelqu'Un lorsqu'on se trouve dans une impasse.

(Oswald Chambers)

Jack venait de remonter le carburateur qu'il avait réparé lorsque Carl et Ted s'approchèrent.

« Comment ça va ? lui demanda Ted en glissant les mains dans ses poches.

— J'ai presque fini. T'as besoin de quelque chose ?

— Non, intervint Carl, entrecroisant ses doigts sur son ventre imposant. On voulait juste te dire qu'on en a discuté, dit-il en choisissant d'imiter son voisin. On voudrait que tu prennes tout le temps nécessaire. »

Par « on en a discuté », Carl entendait : ses frères et lui. Il gratta son crâne chauve, replongea les mains dans ses poches et poursuivit :

« Le fils de Ted est rentré de la fac. Il peut nous aider jusqu'à ce qu'il reprenne les cours en janvier.

Ça lui fera du bien de se salir un peu les pattes, après toutes ces lectures ! »

Les yeux braqués sur le moteur, Jack s'efforçait de trouver la réponse appropriée. De loin en loin, la vie vous fait rencontrer des gens qui, faute de pouvoir vous libérer de votre charge, vous la rendent plus légère. À leur façon, sans faire de bruit, les frères Shaver étaient de ceux-là.

« Je vais finir, dit Jack, semblant s'adresser au carburateur de crainte de regarder ses interlocuteurs en face.

— On s'en doutait, répondit Carl en tournant les yeux dans la même direction. Mais c'est inutile.

— Pas besoin de venir chercher ta fiche de paie au garage, ajouta Ted. Mike te l'enverra. »

Jack ne trouvait pas ses mots. Il allait être payé pour un travail qu'il n'aurait pas effectué.

« Allez, laisse-moi m'occuper de ce carburateur, reprit Ted en prenant place à côté de lui. Et retourne chez toi. »

Jack ouvrit la bouche, mais Ted avait déjà la tête sous le capot. Carl s'était volatilisé en silence. Jack se lava les mains, attrapa son pardessus et rentra en voiture. Ces vacances seraient les dernières qu'il passerait avec Maggie.

Lorsque Nathan arriva, il eut la surprise de trouver son père à la maison. Il couvrit la famille de bonshommes de neige en chocolat et de cristaux de givre en sucre candi. Il accrocha un arbre de Noël en carton au pied du lit de sa mère, dont il décora les barreaux de flocons qu'il avait découpés à l'école le matin même, à l'aide d'un rouleau d'adhésif prélevé sur la table de la cuisine, où Evelyn emballait des cadeaux. Après qu'il eut collé un flocon de papier blanc sur le matelas, Rachel le détacha en s'esclaffant de sa hardiesse.

« Rachel, non ! s'écria-t-il en lui arrachant le découpage. Pas touche ! »

La fillette courut de l'autre côté du lit, détacha un autre flocon et répondit par des rires aux braillements de son frère.

« Tu vas tout esquinter, protesta-t-il en la renversant. Arrête ! »

Jack releva sa fille en larmes en la saisissant par les pieds. Rachel, la tête en bas, ne se tenait plus de joie.

« Ça suffit, Nathan ! gronda-t-il.

— Elle casse tout ! s'indigna son fils.

— Maintenant, c'est parfait ! intervint Maggie. J'ai l'impression de me trouver au beau milieu du Pays des merveilles ! »

Evelyn regarda sa montre et poussa les petits vers la porte. Elle les emmenait faire quelques courses, sachant que Sylvia ne tarderait plus à venir administrer les antalgiques tant attendus par sa fille. Ces jours-ci, la douleur de Maggie avait empiré et la malade ne tenait pas à ce que ses enfants la voient souffrir. Ils ne se faisaient jamais prier. Dans le cas contraire, Jack n'avait qu'à dire : « Mais qui va aider Mamie ? » pour que Nathan chausse ses bottes et que Rachel se précipite pour l'imiter.

La vaisselle lavée, Jack aida sa femme à se rendre à la salle de bains. Parfois, la nausée due au traitement submergeait Maggie. Après s'être retenue plusieurs heures, elle finissait par vomir, ce qui l'affaiblissait davantage. Pour signifier à Jack qu'elle ne se sentait pas bien, elle avait recours au langage gestuel qu'ils avaient tous deux mis au point.

Il fit glisser les jambes de Maggie au bord du lit et l'aida à se lever. Elle avait perdu une bonne partie de ses forces, mais elle pouvait encore marcher en s'appuyant sur lui. Il enclencha la ventilation et la soutint pendant qu'elle se libérait au-dessus du lavabo. Il passa un bras autour de sa taille, rinça la faïence et la ramena doucement à son lit. Serrée contre lui, Maggie se sentait protégée par l'homme le plus fort du monde.

Lorsqu'elle fut confortablement installée, toute la famille, y compris Evelyn et les enfants, s'assit pour regarder *Le Noël de Charlie Brown* avant le coucher de Rachel. Chacun prit plaisir à voir Snoopy et ses amis Peanuts préparer le réveillon sous la direction de Charlie Brown. Rachel faillit s'étrangler de rire lorsque Snoopy, la truffe en l'air, esquissa quelques pas de danse.

« C'est une de mes histoires préférées », dit Evelyn en prenant la fillette dans ses bras.

Nathan, se souvenant soudain qu'il avait laissé sa rédaction dans son sac à dos, se leva d'un bond. Evelyn faisait couler un bain à Rachel lorsque son petit-fils se cala dans le fauteuil, près du lit de

Maggie, pour lui lire son plus beau souvenir de Noël.

« Mme Patterson nous a demandé de nous mettre debout pour lire notre devoir ! expliqua-t-il d'un ton enflammé. Tyler a pris une photo du Père Noël qui passait par la porte de la cuisine et quelqu'un a massacré le bonhomme de neige de Joshua.

— Quelle horreur ! » s'exclama Maggie en souriant.

Il commença sa lecture :

« Le souvenir de Noël que je préfère, c'est quand ma mère, mon père et moi avons été faire de la luge toute une journée à la ferme de Whitman. Mon papa est tombé à l'arrière de la luge car il y avait trop de monde dessus, alors ma maman a rigolé jusqu'au bas de la pente. Après, nous avons mangé du poulet et des beignets de pomme, nous avons bu du chocolat chaud et ma mère et mon père ont dansé autour du sapin. »

Maggie le complimenta et sourit en contemplant les *d* bien penchés, les *g* qui ressemblaient à des *j* et les *m* à trois jambes. Elle le félicita pour sa mémoire. On avait peine à croire que la scène se soit déroulée trois ans plus tôt. Pour Maggie, c'était hier. Elle et Jack avaient pris Nathan en sandwich sur la luge. Au premier quart de la descente, Jack était tombé à la renverse et Maggie avait hurlé de rire en le voyant rouler le long de la côte, avant de s'arrêter à plat ventre et les bras en croix.

« C'est aussi mon plus beau souvenir de Noël, dit-elle, la copie à la main.

— À moi aussi, renchérit Jack. Même si j'ai clopiné pendant quinze jours !

— Tu te rappelles, quand tu dansais avec papa autour de l'arbre ? » demanda Nathan à sa mère d'un air mutin.

Les yeux de Maggie s'embuèrent. Jack avait toujours aimé la danse. Certes, c'était un piètre cavalier, mais il compensait son peu de grâce en s'abandonnant totalement à la musique.

« Ta mère est une danseuse de premier ordre, dit-il à Nathan.

— Mme Patterson nous a raconté qu'elle a dansé dans une belle paire de souliers roses que sa grand-mère lui avait donnés. Elle a même dormi avec ! s'exclama l'enfant.

— Mon Dieu ! ils devaient vraiment être extraordinaires », convint Maggie, un sourire aux lèvres.

Evelyn sortit Rachel de l'eau, l'enveloppa dans sa serviette préférée et l'emmena dans sa chambre, dont elle referma la porte.

Maggie contemplait le beau visage de son fils. C'était tout le portrait de Jack.

Le calme régnait dans le salon. Elle se dit qu'elle se devait de parler à son fils des jours à venir. Elle n'aurait peut-être plus l'occasion de partager un moment privilégié avec lui, mais elle ne savait comment aborder ce sujet.

« Chéri, pourrais-tu me préparer une boisson chaude ? » demanda-t-elle à Jack.

Ses yeux le suppliaient de sortir. Comprenant ce qu'elle attendait de lui, Jack se leva d'un bond. Ils étaient déjà convenus de ce que Nathan était en droit de savoir, de la façon dont ils le lui apprendraient et de l'heure où ils passeraient à l'acte. L'état de Maggie se dégradait rapidement. Ni Jack ni sa femme n'évoquaient un quelconque délai, mais tous deux n'ignoraient pas que le temps était compté.

« Bien sûr, dit-il en s'éloignant vers la cuisine.

— Mme Patterson vous donne toujours des trucs rigolos à faire ! dit-elle à Nathan. Rappelle-moi, c'était quoi, cette rédaction qui m'a tellement plu il y a quelques semaines ?

— Sur les grenouilles ?

— Non, non. Celle-là, je l'aimais bien, mais tu en as eu une autre sur… les fleurs !

— Ah ouais ! s'écria-t-il, les yeux étincelants. "À quoi les fleurs pensent-elles sous la neige ?" »

L'enthousiasme de son fils lui arracha un sourire. Il avait toujours adoré s'occuper du jardin avec elle. Quand il était encore tout petit, désignant les minuscules pousses vertes qui pointaient de terre, elle lui expliquait : « Tu vois, Nathan, elles sortent. » Jour après jour, ils observaient la croissance des fleurs, puis leur épanouissement au printemps et en été.

Elle changea de position en retenant ses larmes.

« Tu sais, il va y avoir beaucoup de changements dans les semaines prochaines, commença-t-elle prudemment. Tu vas sans doute te sentir un peu perdu. »

Il l'était déjà, comme le révélait son regard.

« Nathan, poursuivit-elle d'une voix apaisante. Un jour, quand tu seras grand, tu en voudras peut-être à Dieu de m'avoir fait tomber malade. Je ne le veux pas. »

Interdit, il fronça les sourcils. Pourquoi lui parlait-elle de sa maladie ? Il n'avait jamais pensé qu'elle ne puisse en guérir. Les malades, on les voyait à l'hôpital…

« Je veux que tu le saches : Dieu ne m'a pas fait tomber malade. Il m'a aidée tout au long de cette épreuve. Il m'a donné la force de jouer avec toi et Rachel. Il m'a soutenue durant ces terribles moments. »

Nathan baissa la tête. Il n'aimait pas parler du mal de sa mère. Maggie s'efforça de trouver les mots justes pour s'adresser à ce petit garçon de huit ans.

« Bientôt, il se peut que tu entendes les grands dire : "Quel malheur ! Dieu l'a rappelée à Lui si jeune." Ils auront tort. Et je ne veux pas que tu les écoutes. Quand ils tiendront ces discours, tu devras te souvenir de ce que je t'explique maintenant. Dieu ne m'a pas rappelée à Lui, Il m'a accueillie. »

Le front plissé, Nathan dévisageait sa mère. Elle perçut son regard effrayé. Peut-être de tels propos dépassaient-ils son entendement.

« Tu veux dire… au Ciel, maman ? » demanda-t-il dans un souffle.

Entendre son fils s'exprimer ainsi brisait le cœur de Maggie.

« Oui, mon chéri, au Ciel. »

Il marqua un temps d'arrêt. Jack entendait tout de la cuisine.

« Dieu va t'emmener au Ciel ? reprit-il d'un ton incrédule.

— Non. Il ne va pas m'emmener. Il va ouvrir les bras et m'accueillir. Ce n'est pas du tout la même chose… Je veux que tu t'en souviennes. »

Il triturait sa copie.

« Qu'est-ce que tu feras, là-haut ?

— Je n'y ai pas encore pensé, répondit Maggie d'une voix défaillante. Je sais seulement que, pendant très longtemps, je me contenterai de regarder Dieu en Le remerciant de nous avoir envoyé Jésus à Noël et de m'avoir offert cette vie, ici, avec toi. Ce sera si beau là-haut que je ne conçois pas ce que j'y ferai. Mais je ne serai plus malade. »

Il leva les yeux vers elle.

« Je serai complètement guérie, poursuivit-elle. Je courrai, je sauterai, je jouerai et je danserai comme avant ! »

Nathan mangeait sa feuille de papier du regard. Il n'aimait pas aborder ce sujet avec sa mère. Il n'aimait pas ce qu'il ressentait dans ces moments-là.

« Il y aura des animaux ? finit-il par demander avec une pointe de curiosité.

— Les plus beaux qui soient, répondit-elle, à son grand étonnement. Ceux que Dieu a créés pour nous tenir compagnie sur cette terre ne sont rien face à ceux qui peuplent le Ciel. Le zèbre et la girafe ? De vulgaires chats de gouttière, comparés à la faune céleste !

— Et ils ne seront pas méchants ? reprit-il, inquiet.

— Mais non ! Ils seront gentils et beaux. On pourra les monter et jouer avec eux toute la journée.

— Les rues seront vraiment en or ? »

Elle sourit.

« Oui, et il y aura aussi de belles rivières, des cascades et les paysages les plus magnifiques qui soient.

— Les fleurs seront plus jolies que les tiennes ? s'enquit-il, étonné.

— Bien plus ! rit-elle. Les fleurs et les arbres seront plus merveilleux que tout ce que Dieu a créé sur terre. »

Elle fit une pause pour laisser Nathan s'imprégner de ses paroles.

« Tu vas voir Papy, là-haut ? finit-il par demander en suivant du regard le balancement de ses jambes.

— Oui, sourit-elle derechef. Il m'attendra à la porte. »

Ses yeux s'emplirent de larmes et elle détourna la tête.

Nathan resta un moment songeur. Il cessa de balancer ses jambes et, tout en gardant le regard fixé sur ses pieds, demanda d'une voix à peine audible :

« Pourquoi tu t'en vas ? »

Sur la table de la cuisine, Jack appuya son front sur ses bras croisés.

« Parce que maman est malade et qu'elle ne peut pas guérir, répondit Maggie à voix basse.

— Je pourrai venir avec toi ? »

Il semblait transi de peur. Maggie saisit un pan de drap et le serra très fort. Ses yeux débordaient de larmes.

« Non, mon chéri. Tu ne pourras pas venir avec maman. »

Le visage ruisselant de pleurs, Nathan se leva d'un bond et se jeta sur sa mère.

« Ne t'en va pas sans moi ! » lança-t-il dans un sanglot.

Elle passa ses bras autour du petit cou de son fils, qu'elle serra d'autant plus fort contre elle. Bientôt, elle n'en aurait plus la force.

« Je ne veux pas m'en aller sans toi, lui dit-elle, en larmes. Je donnerais tout au monde pour rester ici avec toi, mais c'est impossible. Je dois partir.

— Non, maman, non ! supplia l'enfant en s'accrochant à elle. Je ne veux pas que tu me laisses ! »

Elle repoussa doucement Nathan en séchant ses pleurs.

« Je m'en vais, mais je serai toujours avec toi », reprit-elle sur le ton de la consolation.

Il ne comprenait pas. Sa lèvre inférieure se mit à trembler. Elle prit la petite frimousse à deux mains.

« Je ne serai plus là, mais je vivrai toujours ici, dit-elle en posant sa main sur le torse de son fils. C'est ici que mon papa a vécu après être monté au Ciel. C'est ici, à l'intérieur de toi, dans ton cœur, que je vivrai toujours. »

Il posa la tête sur la poitrine de sa mère, qui se mit à lui flatter le dos avec lenteur.

« Rappelle-toi, lui chuchota-t-elle. Être ta maman est la plus grande joie de ma vie. »

Elle attira le visage de Nathan à elle et l'embrassa sur le front. Les yeux rivés à ceux de l'enfant, elle pria pour qu'il n'oublie jamais cette soirée. Pour que, un jour, ce souvenir lui apporte la paix. Pour qu'il lui donne espoir au moment de Noël.

Elle le tint serré contre elle et le couvrit de baisers, jusqu'à ce qu'il se mette à gigoter et rire entre ses bras.

« Et maintenant, prépare-toi à aller te coucher, mon petit homme ! »

Jack se leva et se tamponna les yeux avec un torchon de cuisine avant de revenir au salon. Il ne voulait pas se montrer dans cet état à son fils. Puis il se ravisa. Peut-être Nathan, après tout, devait-il le voir en larmes, pour qu'il sache que c'était permis, que tout le monde pleure.

« Va dans ta chambre, Nathan, dit-il. Je viendrai te border dans une minute.

— Je t'aime, murmura Maggie en embrassant son enfant.

— Je t'aime aussi, maman, répondit le petit. Bonne nuit ! »

Sans savoir quelles traces cette conversation laisserait en lui, il s'éloigna dans le couloir. Les larmes ruisselaient sur le visage de Maggie. Jack déposa un baiser sur les yeux de sa femme et lui essuya les joues. Plus tard, lorsque Nathan serait grand, il s'efforcerait de tout lui expliquer.

CHAPITRE SIXIÈME

Tout phénomène, petit ou grand, est une parabole par laquelle Dieu S'adresse à nous. L'art de la vie consiste à en percevoir le message.

(Malcolm Muggeridge)

« Gwen ! lançai-je par la porte de mon bureau. Vous avez déplacé le rendez-vous avec Alberto Diaz ? »

N'obtenant pas de réponse, je me levai impatiemment pour aller la trouver. Voyant son siège vide, je me souvins que j'avais autorisé ma secrétaire à partir trois heures plus tôt. C'était jour de réveillon et elle devait passer à l'aéroport pour y accueillir des parents. Je poussai un soupir et regardai ma montre.

« Sept heures », constatai-je à voix haute dans la pièce vide.

J'avisai la pile de dossiers qui attendaient sur mon bureau depuis le matin et laissai échapper un grognement. J'en glissai deux ou trois parmi les plus importants dans ma serviette. J'avais prévu de partir à dix-sept heures pour avoir le temps de faire mes achats de Noël. Parfois, il m'arrivait de me consacrer si pleinement à mon travail que j'en oubliais la course du temps.

Après avoir éteint les lumières, je fermai à clé et courus dans le couloir jusqu'aux ascenseurs. J'appuyai fiévreusement sur le bouton et enfilai mon pardessus tant bien que mal en pénétrant dans la cabine. Ruminant de sombres pensées, je restai seul jusqu'au rez-de-chaussée.

« Et maintenant, maugréai-je, où vais-je trouver un magasin ouvert un soir de réveillon ? »

Deux jours auparavant, je m'étais rendu chez ma mère après le boulot. Depuis que Kate m'avait demandé de partir, je sentais ma vie dérailler et je ne savais comment la remettre sur la bonne voie. Maman était toujours de bon conseil. Arrivé devant la maison, je l'avais trouvée plongée dans l'obscurité. Et pour cause ! Il était presque onze heures du soir... Comment espérer remettre sa vie sur les rails quand on ne sort pas du bureau à des heures raisonnables ?

Assis dans la voiture, je m'étais émerveillé du spectacle des ampoules blanches qui clignotaient et de la crèche inondée de lumière. Avec mon père, maman avait fait de cette demeure un paradis. Les anniversaires étaient des moments de magie, tout comme Thanksgiving, Noël et Pâques. Sur le ton de la plaisanterie, j'avais expliqué à Kate que j'avais cru à la petite souris jusqu'à l'âge de vingt et un ans, car je n'avais jamais pu surprendre ma mère glissant la pièce sous mon oreiller ! Mes parents tenaient à ce que notre foyer soit, pour Hugh et moi-même, l'endroit le plus merveilleux du monde, et non un antre de chamailleries, d'amertume ou de rivalités. Ils avaient voulu nous fabriquer des souvenirs extraordinaires et ils y étaient parvenus. Penché sur le volant, j'observais la bâtisse. Quels souvenirs laisserais-je à mes filles ? J'avais secoué la tête et j'étais rentré chez moi en me demandant comment ressusciter la magie disparue…

Je m'engouffrai dans la Mercedes et me frayai un passage dans les rues illuminées en direction du centre-ville. Les vitrines étincelaient sous les éclairages et les décorations. Toutes les boutiques étaient fermées. Bien entendu, de gros flocons tombaient dru. Les trottoirs étaient presque déserts. J'avais l'impression d'être le seul à ne pas être déjà rentré pour passer la soirée avec les siens. Même le tintement des clochettes avait cessé ; les quêteurs de l'Armée du Salut avaient déjà rangé leurs sébiles rouge vif pour la nuit.

Conformément à mes attentes, le grand magasin Wilson était encore ouvert. J'avais bien essayé de dresser une liste pendant le déjeuner, mais j'ignorais ce qui ferait plaisir à chacun.

Bousculant au passage quelques retardataires de mon acabit, je me précipitai vers le rayon des jouets, où je découvris toute la série des Barbie. Lily était-elle trop petite pour jouer avec ces poupées ? Et Hannah trop grande ? Risquais-je de commettre un impair en leur faisant ce cadeau ? Je jetai une Barbie dans mon panier en me disant que Kate saurait à laquelle des deux filles il convenait de l'offrir.

Au rayon hi-fi, je choisis un baladeur pour Hannah qui, m'imaginais-je, avait l'âge de s'intéresser à la musique. Mais allez savoir ce qu'elle aimait !

Au rayon « mode femmes », je jetai mon dévolu sur un pull en cachemire rouge pour ma mère, avant de me souvenir qu'elle en avait déjà un. Dans un gémissement, je jetai le chandail sur la pile sans le replier, puis me ravisai en songeant qu'il pouvait plaire à Kate. Un an plus tôt, je lui avais acheté un collier de diamants qui m'avait coûté les yeux de la tête. Elle avait déploré mon manque d'attention, j'avais voulu lui prouver combien elle comptait à mes yeux. Mais rien n'avait changé. Inutile donc de reproduire cette erreur : je remis le pull à sa place.

J'entendais des voix me susurrer : « Comment a-t-elle pu ? Pourquoi a-t-elle attendu si longtemps ? Puisque c'est fini, tourne la page et va de l'avant ! Ne reste donc pas là à broyer du noir. » Une autre voix me soufflait : « Mais tu l'aimes, et elle t'aime. N'est-ce pas suffisant ? » Une séparation pouvait nous être bénéfique. Elle nous permettrait de prendre du recul et d'y voir plus clair. Peut-être lui manquerai-je ? pensai-je. Peut-être recouvrera-t-elle ses esprits ? Peut-être...

Tout en cheminant dans le magasin, je remarquai un petit garçon qui cavalait dans les rayons en mettant la main à tous les articles, au grand dam des vendeuses. Alors que j'examinais une écharpe de laine que je destinais à ma mère, le garnement vint soudain me percuter.

« Pardon, m'sieur ! » me lança-t-il d'une voix essoufflée, sans me regarder.

Je hochai la tête d'un air réprobateur. Je déteste les parents qui laissent leur progéniture aller et venir sans surveillance dans les lieux publics. L'enfant continuait à frôler les portants, à tourner autour des stands et à tripoter les corsages, les chemises et les vestes. Je ne le lâchai plus des yeux. Soudain, il heurta un portant qu'il fit tomber bruyamment. Je cherchai son père et sa mère du regard.

« Tu pourrais faire attention ! » le gourmandai-je avec irritation.

Accablé, pris par le temps, je venais de jeter quelques articles dans mon panier lorsque je croisai une nouvelle fois le galopin. Il parcourait d'un air anxieux le rayon des chaussures pour dames, examinant avec attention les paires de bottes, d'escarpins ou de mocassins. Soudain, des souliers posés parmi d'autres dans un bac à soldes parurent éveiller sa curiosité. Il les souleva et resta un instant figé. De couleur argentée, ils s'ornaient de paillettes rouges, bleues et vertes et de strass étincelants. L'enfant les coinça sous son bras et détala vers les caisses.

J'avais fini mes courses. « C'est bien ma veine ! » me dis-je en lui emboîtant le pas. Debout devant moi, il ne savait sur quel pied danser. Pendant ce temps, le caissier s'occupait des clients qui nous précédaient. Je regardai tout autour de moi pour repérer les parents du gamin.

Je ne pus m'empêcher de sourire en le voyant balancer ses souliers argentés à bout de bras. De toute évidence, il ne voulait pas que sa mère le voie les lui acheter. Il se mit à marcher de long en large.

Considérant les achats dans mon panier, je me demandai depuis quand je n'avais pas couru les grands magasins à la recherche du cadeau idéal.

Quand nous étions petits, mon frère et moi, nous secouions notre tirelire avec tant d'ardeur pour en extraire le moindre sou que nous en avions mal au bras. Nous bourrions nos poches de notre récolte sonnante et trébuchante et filions au bazar. Farfouillant dans des corbeilles pleines de barrettes, nous choisissions celle qui s'ornait du faux diamant le plus imposant. Après quoi, nous détalions vers le rayon des hommes pour y dénicher la plus belle cravate. Quelle aventure ! Un jour, faute de cravate, nous offrîmes à notre père un chausse-pied long d'un mètre pour qu'il n'ait pas à se pencher. Que d'émotions ! Hugh et moi cavalions dans la boutique, nous trébuchions, nous retournions tout, ivres de joie d'imaginer la réaction de nos parents déballant leur cadeau de Noël.

Le gamin s'avança et posa les souliers sur le comptoir, le prix en évidence pour la caissière. Il plongea la main dans son jean usagé et en sortit une petite liasse de billets froissés ainsi que quelques piécettes. La caissière compta l'argent.

« Tu ne m'as donné que quatre dollars et soixante cents, mon petit gars !

— À combien sont les chaussures ? s'inquiéta-t-il.

— Quatorze dollars et vingt-cinq cents ! répondit l'adulte. Il faudra demander plus à ton papa ou ta maman. »

Visiblement décontenancé, l'enfant insista :

« Je pourrai apporter le reste demain ? »

La caissière sourit en faisant non de la tête et lui tendit l'argent dans ses mains réunies en coupe. Les yeux du bambin s'emplirent de larmes. Il se retourna et me dit d'une voix tremblante :

« Monsieur, il faut que j'achète ces chaussures à ma mère. »

J'étais stupéfait de l'entendre s'adresser à moi. Un frisson parcourut ma nuque.

« Elle ne va pas très bien et papa a dit au dîner qu'elle risquait de s'en aller voir Jésus ce soir. »

Le panier à la main, je restai pétrifié. Je ne savais que dire.

« Je veux qu'elle soit belle quand elle rencontrera Jésus », poursuivit-il, le regard implorant.

Pourquoi moi ? pensai-je. Ai-je l'air d'un pigeon, d'un nabab qui a de l'argent à ne plus savoir qu'en faire ? J'éprouvai aussitôt un sentiment de gêne. S'agissait-il d'une forme de chantage ? Ses parents lui demandaient-ils de jouer sur l'émotion que chacun ressent au moment de Noël ? Et pourtant, il avait proposé à la caissière de lui apporter le complément le lendemain... Alors ?

Je ne savais que dire ni que faire. Et puis, tout d'un coup, je rendis les armes. Ce gamin ne mentait pas, j'en avais la certitude. Et, tandis que je plongeais mon regard dans ses grands yeux, la lumière se fit. Une paire de souliers pour aller voir Jésus ? Je compris : ce môme était en train de perdre sa mère.

En silence, sans réfléchir, je sortis mon portefeuille et tendis un billet de cinquante dollars à la caissière pour régler la différence.

Le petit se hissa sur la pointe des pieds et regarda la femme ranger l'argent dans le tiroir. Il saisit vitement son paquet, fit volte-face et s'arrêta pour me dévisager.

« Merci. »

Il ne dit rien de plus. Je le vis courir jusqu'à la porte et disparaître dans la rue.

« Monsieur ? » héla la caissière.

Je n'entendais plus rien.

« Monsieur ? répéta-t-elle. Voulez-vous régler ? »

Je baissai les yeux vers mes achats et secouai la tête en signe de négation.

« Non. Je crois que tout est à recommencer. »

J'abandonnai le panier plein sur le tapis roulant et me dirigeai à pas lents par la sortie. Une fois dans la Mercedes, je mis le contact et traversai la ville pour regagner Adams Hill. À travers un épais rideau de neige, je vis la lumière allumée à l'étage, dans la chambre de Kate.

Pendant tout le trajet, je n'avais pas songé à ce que j'allais dire, ni à la façon dont j'allais le dire. Je ne savais qu'une chose : je devais rentrer. Je devais ressusciter la magie. Soudain, ma vie en dépendait. Kate avait raison. Ma famille ne me quittait pas, c'était moi qui la quittais. Depuis quand ? Comment m'étais-je égaré ? *Chez moi*. J'avais l'impression d'entendre ces mots pour la première fois. Ce qui était jadis le lieu du vide était désormais celui de la joie, le refuge face aux chagrins imprévisibles de l'existence. Le lieu de l'espoir. Je rentrais enfin *chez moi*.

Ce fut plus fort que moi. Malgré l'heure tardive, j'ouvris la porte en criant :

« Kate, Kate ! »

Elle descendit l'escalier en courant et prit un air courroucé pour me signifier de ne pas réveiller les filles. Sans mot dire, je la fis asseoir sur le canapé et m'agenouillai devant elle.

« Quelque chose ne va pas ?

— Écoute-moi, l'implorai-je doucement. Je ne vous ai rien apporté pour Noël, à toi et aux filles.

— De toi, je n'attendais rien, répondit-elle d'une voix vibrante en détachant mes mains de ses épaules. Mais je pensais que tu voudrais au moins faire un cadeau à tes filles. »

Elle tenta de se lever, mais je la repoussai fermement au fond du canapé.

« Qu'est-ce que tu fais, Robert ? s'insurgea-t-elle, le rouge aux joues.

— Kate, je t'en prie. Je ne sais pas exactement quoi te dire, mais il faut que tu m'écoutes. »

Elle éloigna ses bras de moi et les croisa sur sa poitrine.

« Qu'est-ce qui t'arrive ? » me lança-t-elle d'un ton cassant.

Je rassemblai mes esprits et commençai lentement.

« Je n'ai rien apporté parce que je ne savais pas quoi acheter. »

Elle serra les mâchoires et m'observa. Elle m'écoutait. Je n'en demandais pas plus.

« Je ne savais pas quoi acheter parce que je ne sais rien de vous, poursuivis-je. Je vous ai laissées vous éloigner de moi au point que vous êtes devenues des étrangères. »

Elle restait assise, fermée à mes propos comme à mon émotion.

« Qu'est-ce que tu racontes ? » demanda-t-elle d'un air incrédule.

Je me levai et m'assis en face d'elle sur la table basse.

« Kate, repris-je sur un ton suppliant. Je suis allé au magasin pour vous acheter des trucs, à toi, à maman et aux filles. J'étais même en train de faire la queue pour payer quand, brusquement, ça m'est venu… »

J'avais du mal à traduire mes sentiments en paroles. Kate leva les sourcils, en signe d'impatience.

« Le plus beau cadeau du monde, dis-je en choisissant mes mots avec soin, c'est vous. J'ai trop tendance à l'oublier. »

Mal à l'aise, ne sachant quelle réaction adopter, Kate s'agitait.

« Le plus beau cadeau que je puisse vous faire, c'est moi-même. Je te dois le respect et l'amour que tu mérites. Je dois offrir aux filles du temps, de l'attention, des promenades à califourchon sur mon dos, des visites au zoo, au parc d'attractions, que sais-je encore… »

Je me pris la tête à deux mains.

« Je dois leur offrir un papa. Jusqu'ici, je n'ai été qu'un pourvoyeur. Un type à la maison, qu'elles présentaient aux autres comme leur père, mais pas un papa. Elles n'en ont jamais eu. Je veux être *avec* elles, pas seulement dans la même pièce. Être avec elles et partager tout ce qui les rend heureuses. Être là quand elles ont des difficultés. Je veux que nous soyons là », dis-je en regardant Kate droit dans les yeux, en quête d'une lueur d'espoir et de consentement.

Chose compréhensible, elle était sceptique. Après tant d'années de blessures et de colère accumulées…

« Kate…, dis-je avec une pause. Je ne sais pas ce que tu ressens. »

Je me mis à genoux et me tordis les mains en réfléchissant.

« J'ignore si tu es vraiment prête à la rupture… Parce que, pour ce qui est de moi, c'est non.

— Pourquoi ce revirement ? demanda-t-elle d'une voix où subsistait le doute.

— Je n'en sais rien, répondis-je en secouant la tête. Tout ce que je sais, c'est que c'est Noël. »

Elle me regardait, interloquée.

« C'est Noël, Kate, et j'ai compris que ma famille était le plus beau cadeau que l'on puisse me faire. »

Elle détourna les yeux. Je lui pris les bras et l'amenai doucement vers moi. Elle me dévisagea d'un air inquiet.

« Pour moi, rien ne compte, dis-je en resserrant légèrement mon étreinte. Ni le travail, ni les voitures, ni la maison. Tout ce qui m'importe, c'est toi, Hannah et Lily, parce que... »

Je m'interrompis, de peur qu'elle ne me croie pas. Je devais pourtant le dire :

« Parce que je vous aime. »

Je me tus pour l'observer. Un étonnement incrédule se peignit sur son visage. Elle me regardait de la même manière lorsque nous sortions ensemble et que je lui tenais des propos qu'elle jugeait fous. Exactement de la même manière... Retrouver cette expression me réchauffa le cœur.

« Oui, murmurai-je. Je vous aime et je ne veux pas vous perdre. »

Son regard restait braqué sur le mien. Qu'exprimait-il, ce soir-là ? L'espoir ? Le pardon ? L'apaisement ? Je desserrai mon emprise et elle se renfonça dans le canapé sans me lâcher des yeux. Je ne me plongeais pas dans le courrier, je ne la fuyais pas pour le bureau. En revanche, je sentais une sorte de joie m'emplir à ras bord. La joie. Rien ne m'inquiétait, rien ne m'imposait d'agir, rien ne me perturbait. Curieusement, inexplicablement, j'étais calme, serein. Pour la première fois depuis des années.

Elle croisa les jambes et me demanda à voix basse :

« Que t'est-il arrivé ce soir ?

— C'est une longue histoire », lui dis-je en souriant.

Et nous discutâmes jusqu'à une heure avancée de la nuit.

★

La respiration de Maggie était malaisée, mais son esprit restait clair. Sylvia se préparait à changer la poche de la perfusion, mais la patiente leva faiblement la main pour l'arrêter. Le matin même, l'infirmière avait suspendu une poche pleine, qui s'était lentement vidée dans la journée. Elle devait la remplacer par une autre qui durerait jusqu'au milieu de la nuit.

« Maggie, murmura-t-elle. Ça va calmer la douleur.

— Non, articula la malade.

— Tout ira bien, Sylvia, intervint Jack. Elle veut voir les enfants déballer leurs cadeaux. Elle sait qu'elle ne le pourra pas si vous lui donnez ça. »

Sylvia caressa la joue de Maggie et resserra le foulard dont la jeune femme était coiffée.

« D'accord, ma poupée, lui dit-elle d'un ton réconfortant. Je vais la laisser ici, ajouta-t-elle en fixant la poche au pied à perfusion qui se dressait près du lit. Si vous en avez besoin, demandez à n'importe qui d'ouvrir le goutte-à-goutte. »

Maggie acquiesça de la tête et Sylvia sourit en lui serrant le bras.

« Appelez-moi en cas de besoin », glissa-t-elle à Jack.

Puis elle s'éloigna vers la chambre de Rachel, où elle s'occupait à remmailler des bas ou à lire lorsqu'elle voulait laisser les époux en tête-à-tête. Depuis deux semaines, elle passait de dix à douze heures en leur compagnie et partait tard le soir. Elle saisit son ouvrage et appuya la tête contre le mur. Dans une demi-heure, elle finirait sa garde et elle laisserait la famille Andrews pour aller réveillonner seule.

D'ordinaire, Jack et Maggie descendaient les paquets du grenier dès que Nathan était couché. Cette année-là, Jack avait proposé aux enfants de les ouvrir la veille de Noël et non le lendemain matin. Avec Evelyn, il avait emballé les rares cadeaux qu'il destinait aux petits et les avait placés au pied de l'arbre trois jours plus tôt.

Evelyn se rendit dans la salle de bains pour y prendre du blush, de l'ombre à paupières, de la poudre et du rouge à lèvres qu'elle posa près du lit de Maggie. Quand sa fille n'avait plus la force de se maquiller, Evelyn l'y aidait. Elle raviva légèrement les couleurs qu'elle avait appliquées le matin : un gris-bleu atténué pour les paupières, un mauve pâle pour les joues creusées et une nuance bois de rose pour les lèvres. Un voile de poudre fraîche paracheva son œuvre. Puis elle tendit un miroir à Maggie.

« Merci, maman. »

La voix était faible.

Au même moment, Nathan entrait à pas de loup par la porte de derrière et gagnait sa chambre sans se faire remarquer. Après le dîner, il avait prévenu son père qu'il devait se rendre chez un voisin qui habitait plus loin dans la rue. Supposant que Nathan et son camarade avaient confectionné des cadeaux pour leurs familles, Jack n'avait posé aucune question. Quelques minutes plus tard, l'enfant ouvrit précautionneusement sa porte. Sur la pointe des pieds, il emprunta le couloir, pénétra au salon et déposa un paquet sous le sapin.

Jack avait essayé de se préparer à cette soirée en s'accrochant au faible espoir qu'elle ne viendrait jamais. Il avait beau prier, il n'était pas disposé à accepter que ce soit là son dernier réveillon en compagnie de Maggie. Assis près du lit, il observait sa femme. Comment, elle si malade, pouvait-elle rester si belle ? Comment pourrait-il s'éveiller dans une maison où elle n'habiterait pas ? Il la regardait prendre de courtes inspirations. Il avait lu dans le regard de Sylvia que ce ne serait pas long, que Maggie avait déjà commencé à lâcher prise. Deux jours plus tôt, Sylvia l'avait pris à part pour lui conseiller d'aider la patiente à les quitter en lui faisant savoir qu'elle n'avait plus à lutter et que c'était dans l'ordre naturel des choses.

À son réveil, Maggie vit les yeux dont elle était tombée amoureuse presque douze ans auparavant.

« Je t'aime », murmura-t-elle.

En ce temps-là, les journées n'étaient pas assez longues pour qu'ils se disent ces mots, mais ils se les disaient autant que possible.

« Je t'aime, Maggie, répondit-il d'une voix douce. Je t'ai toujours aimée et je t'aimerai toujours. »

Elle sourit et lui tendit la main.

Il se leva et prit les doigts fins dans les siens pour les effleurer d'un baiser.

« La plus belle chose qui me soit arrivée, c'est que cette Ford Escort soit tombée en panne », dit-il avec lenteur.

Maggie cligna des paupières. Quelle chance d'avoir été aimée si longtemps et de façon si absolue ! Ils parlèrent d'Evelyn, des enfants et des soins à apporter aux fleurs au printemps prochain. Il lui disait tout ce qui lui venait à l'esprit, cherchant ses mots pendant qu'elle acquiesçait de la tête en souriant. Il lui caressa le visage et lui tint la main en répétant : « Je t'aime » jusqu'à ce qu'elle se rendorme au son de cette voix apaisante.

Evelyn fit réchauffer la dinde qu'un paroissien leur avait déposée, avec son jus de cuisson, sa farce et sa sauce aux canneberges. Quand la table fut débarrassée, Jack sortit les cadeaux de sous l'arbre et en tendit un à Nathan. Rachel, assise sur les genoux d'Evelyn, gazouillait et applaudissait.

« Dépêchez-vous de donner son cadeau à cette enfant avant qu'elle explose ! » lança Evelyn en riant.

Maggie sourit en voyant Rachel serrer contre elle le ventre rebondi d'un ourson en peluche. Les yeux de Nathan étincelèrent en se posant sur les petites voitures qu'il avait commandées.

« J'vais les montrer à tous mes copains ! » s'écria-t-il joyeusement.

Jack adressa un clin d'œil à Maggie et lui tint la main pendant que Rachel poussait des cris d'admiration en voyant surgir une poupée rose aux yeux mobiles. Quant à Nathan, il ne put contenir sa joie en découvrant une pochette qui renfermait dix feutres multicolores.

Evelyn déplia une magnifique écharpe violet et noir que Nathan et Rachel avaient choisie pour qu'elle la porte avec son manteau d'hiver.

« Elle est si chaude, si agréable ! » leur dit-elle en les embrassant.

Puis elle se pencha pour prendre un paquet qu'elle tendit à Jack.

« On ne devait rien s'offrir, lui dit-il, navré de n'avoir rien prévu pour elle.

— Je sais, répliqua-t-elle. J'ai pensé que ça vous plairait. »

Et elle adressa un sourire à Maggie. Il ouvrit le cadeau et en sortit un dessin encadré. Exécuté au crayon de couleur, il représentait une fillette dont les joues étaient figurées par deux disques rouges et dont les cheveux rebiquaient. Elle portait une robe bleue à grosses fleurs jaunes et tenait un ballon écarlate. Elle avait des bras longs, droits comme des *i*, et des pieds dont l'un, beaucoup plus grand que l'autre, était tourné dans la même direction que son voisin. À ses côtés se tenait un chien blanc. Tout rond, souriant, il était doté de pattes d'araignée orientées dans le même sens. Au bas de la feuille apparaissait une signature calligraphiée en grosses lettres rouges : « Maggie. » Le visage de Jack se fendit d'un large sourire. Il remercia Evelyn et tendit le dessin à sa femme.

« Elle était en maternelle, lui expliqua sa belle-mère. Je l'ai retrouvé dans mes affaires il y a quelque temps et j'ai promis à Maggie que je vous le ferais encadrer. »

Il imaginait Maggie réalisant ce dessin. Il regrettait de ne pas l'avoir vue, petite fille, farfouiller parmi les crayons éparpillés autour d'elle et choisir la couleur des fleurs ou de la robe. Il serra le cadre dans sa main et se pencha pour embrasser sa femme.

« Je vais l'accrocher à côté du Vinci », lui dit-il.

Nathan attendait que sa mère ait déballé son cadeau. Il avait le trac. Il se précipita sous le sapin et ramassa un petit paquet. Il n'en restait plus que deux. Debout près de Maggie, Jack défit lentement le papier. C'était une boîte à bijoux dont il souleva le couvercle. Un médaillon en or, sur lequel une rose était délicatement gravée, reposait sur un coussinet de velours bleu. Jack l'ouvrit, révélant d'un côté une photo de Rachel, vêtue de sa robe rouge et souriant à l'appareil, de l'autre celle de Nathan, assis devant la maison fleurie.

« Oh ! dit Maggie, visiblement ravie.

— Je savais que tu en voulais un avec la photo des enfants », dit Jack en lui passant le bijou au cou.

Evelyn montra le cadeau qu'elle tenait à la main :

« Voilà autre chose qu'elle veut depuis toujours. »

Maggie lança un regard interrogateur à la vieille dame qui ôtait le papier de soie. Evelyn souleva le couvercle et déplia une étole de satin cramoisie dont Maggie raffolait. Evelyn, qui la tenait de sa mère, la portait sur sa photo de mariage, ainsi qu'une jupe, un corsage souple orné d'un bouquet et un chapeau. Les yeux de Maggie s'illuminèrent.

« Il y a longtemps qu'elle la reluque ! lança Evelyn d'un ton facétieux en drapant l'étole sur les épaules de sa fille.

— Merci », articula Maggie.

Evelyn déposa un baiser sur le front chaud et arrangea les plis jusqu'à ce qu'elle obtienne un effet élégant.

Nathan se remit à genoux au pied de l'arbre. C'était enfin son tour d'offrir son cadeau. Allongeant le bras sous les branches basses, il en sortit le paquet emballé à la va-vite qu'il y avait glissé quelques minutes plus tôt. Il le posa sur le ventre de Maggie. Evelyn et Jack échangèrent un regard pendant que l'enfant aidait sa maman à défaire le grossier papier brun. Nathan s'empressa de soulever le couvercle de la boîte et d'en extraire deux souliers étincelants. Les yeux brillants, Maggie serra le cadeau de son fils contre son cœur. Nathan se rua au pied du lit, découvrit les jambes de sa mère et la chaussa d'un air triomphant.

« C'étaient les plus beaux du magasin ! précisa-t-il.

— Ils sont magnifiques », murmura-t-elle en souriant de le voir si fier.

★

Le lendemain du réveillon, nous arrivâmes chez maman de bonne heure.

« Joyeux Noël ! » s'exclama-t-elle en ouvrant la porte à toute volée.

Des arômes de dinde rôtie, de cidre bouché et de tarte à la noix de pécan se mêlaient à des parfums d'épicéa et aux senteurs des bûches de chêne qui se consumaient dans l'âtre. Hannah et Lily s'élancèrent en criant vers leur grand-mère, puis jouèrent des coudes pour attraper les cadeaux qui attendaient au pied du sapin.

« Joyeux Noël, belle-maman ! lança Kate, que Hannah entraînait déjà vers l'arbre.

— Joyeux Noël, maman ! » dis-je en me penchant pour l'embrasser.

J'avais hâte de lui raconter les événements de la soirée.

« Viens ! m'ordonna Lily en se jetant dans mes jambes.

— J'arrive, j'arrive, concédai-je. On va pouvoir commencer. »

Lily frappa ses minuscules mains l'une contre l'autre lorsque je lui tendis un cadeau qui, selon elle, était le plus gros qu'elle ait jamais vu. Hannah resta bouche bée en découvrant la boîte dorée, ornée de rubans de dentelle, qui lui était réservée. Je distribuai les paquets jusqu'à ce que leur contenu s'entasse devant chacune : des pulls, des boucles d'oreilles, des ustensiles de cuisine et des livres pour Kate ; des baigneurs, des albums à colorier, des vêtements et encore des baigneurs pour Lily ; un beau collier de dame, des jeux, des poupées à découper et les derniers accessoires de Barbie pour Hannah. Depuis plusieurs semaines, Kate avait prévu le cadeau de ma mère : une splendide broche en or, de forme ronde, au centre de laquelle étaient incrustées les pierres porte-bonheur de ses petites-filles.

« J'en ai toujours rêvé ! Je la porterai tout le temps », s'écria-t-elle en la fixant fièrement à son chandail.

Le bijou s'harmoniserait à merveille avec son nouveau blazer pervenche et son corsage de soie rouge.

« Oh, que c'est beau ! » s'extasiait-elle en prenant à deux mains le visage de Lily. Quelle mamie élégante tu vas avoir ! »

Je rangeai mon après-rasage, mes livres, mes chaussettes et mes sous-vêtements. Pourquoi, après tant d'années, s'obstinait-elle à m'acheter des sous-vêtements ?

« J'ai pensé que tu étais à court de caleçons..., me taquina-t-elle, sous les hurlements de rire des enfants.

— Tu avais raison, maman. Merci », lui répondis-je en souriant à belles dents.

Et je m'attaquai au dernier paquet de ma pile. Je déchirai le papier qui entourait la petite boîte et fendis de l'ongle la bande adhésive qui la fermait. J'en soulevai le couvercle et, après avoir déplié le papier de soie, lançai un coup d'œil éberlué à ma mère. Je pris la pipe d'une main et, de l'autre, la carte qui était jointe. Quelques mots tout simples y étaient inscrits : « Sans regrets ! »

« Qu'est-ce que c'est ? demanda Kate, surprise.

— Un pense-bête », répondis-je.

Et, de l'air distingué d'un homme d'État britannique, je calai fièrement le tuyau de la pipe entre mes dents.

★

Pliée en deux, maman ouvrait la porte du four quand je me précipitai sur elle.

« Maman », dis-je avec inquiétude.

Surprise, elle se redressa brusquement et referma la porte d'un coup sec.

« Robert, tu m'as fait peur, gronda-t-elle.

— Pardon, m'excusai-je en la conduisant vers la table de la cuisine.

— Ma dinde ! s'écria-t-elle en tournant les talons.

— Attends. Assieds-toi. Cette nuit, on a parlé, Kate et moi. Jusqu'à quatre heures et demie du matin.

— De quoi ? s'enquit ma mère. Ma parole, vous devez être épuisés !

— Oui, dis-je en me massant les tempes. Je suis vidé. Tellement vidé que j'ai envie de vomir !

— Pas sur moi ! » lança-t-elle en riant.

Je m'assis. Des papillons dansaient devant mes yeux.

« Un événement extraordinaire s'est produit. »

Tout ouïe, elle se pencha en avant.

« J'ai eu l'impression d'être touché par une révélation, ou frappé par la foudre… Je faisais mes courses quand j'ai décidé de ne rien acheter à personne. Oh, à ce propos, c'est Kate qui t'a offert la broche et le reste. Je n'étais pas au courant.

— Merci beaucoup ! rugit-elle.

— Bref ! On va essayer de remonter la pente. »

Elle frappa du poing sur la table.

« Je le savais bien, qu'elle t'aimait toujours !

— Je le crois, confirmai-je timidement. Je sais surtout que je l'aime.

— Alors, vas-y ! m'ordonna-t-elle en me poussant vers la porte. Va jouer avec tes filles. Je m'occupe de tout ici. Je vous rejoins dans une minute. »

Elle me chassa en douceur et retourna à ses fourneaux.

« Merci, mon Dieu ! » Du salon, je l'entendis s'extasier. Puis je perçus le grincement de la porte du four et le bruit du couteau à découper qu'elle aiguisait. Un autre « merci ! » retentit dans la cuisine, au milieu d'un tintamarre de poêles et de casseroles.

« Merci, merci, merci ! »

CHAPITRE SEPTIÈME

Nous ne doutons pas forcément que Dieu fasse ce qui est le mieux pour nous ; nous nous demandons à quel point ce mieux sera douloureux.

(C. S. Lewis)

Il était près de minuit. Les lumières du sapin brillaient sans faillir. Les enfants dormaient à poings fermés. Nathan était sans doute trop grand pour rêver du Père Noël, et Rachel trop petite. Jack garda les yeux rivés sur ceux de Maggie jusqu'à ce qu'elle ne puisse plus les tenir ouverts.

« Je t'aime, répétait-il. Merci d'être ma femme. Merci de m'aimer. »

Incapable de parler, elle lui retournait son regard.

« Tout ira bien pour nous, murmura-t-il en lui prenant le visage à deux mains. Nous t'aimons tous. Si tu veux partir maintenant, va. »

Evelyn serrait le bras de sa fille et lui tenait la main.

« Tu n'es plus obligée de lutter, lui dit Jack d'un ton réconfortant.

— Ton papa t'attend, ajouta Evelyn. Tu peux aller retrouver ton papa. Tout ira bien pour nous tous. »

Les yeux de Maggie finirent par se fermer. Pendant deux heures, Jack et Evelyn continuèrent à lui parler. À mesure que sa respiration s'écourtait, un râle sourd montait de son thorax. Evelyn lut la naissance de Jésus selon Luc :

« Joseph aussi monta de Galilée, de la ville de Nazareth, vers la ville de David qui s'appelle Bethléem… »

Jack ramena l'étole sur les épaules de Maggie et plaça le médaillon sur la maigre poitrine.

« … pour se faire recenser avec Marie, sa fiancée, qui était enceinte, poursuivit Evelyn. Or donc, comme ils étaient là, furent révolus les jours où elle devait enfanter. Et elle enfanta son fils, le premier-né… »

Evelyn marqua une pause, serra la main de Maggie et reprit :

« … et elle l'emmaillota et le coucha dans une mangeoire, parce qu'il n'y avait pas de place pour eux dans l'hôtellerie. »

Evelyn lut le passage concernant les bergers qui vivaient aux champs, puis s'aperçut que Luc ne mentionnait pas les Rois mages. Elle revint en arrière et trouva rapidement dans Matthieu l'épisode qu'elle cherchait.

« C'est ici, Maggie, dit-elle en montrant la Bible à sa fille. "Jésus étant né à Bethléem de Judée, aux jours du roi Hérode, voici que des mages venus du Levant se présentèrent à Jérusalem, en disant : 'Où est le roi des Juifs qui vient de naître ? Car nous avons vu son étoile au Levant et nous sommes venus nous prosterner devant lui.'" »

Elle posa le Livre sur ses genoux.

« Petite, Maggie disait qu'il lui semblait impossible que personne d'autre n'ait vu cette énorme étoile. Tu te souviens, Maggie ? »

Elle caressa le visage de sa fille.

« Pars chercher cette étoile. Tout va bien pour nous. Nathan et Rachel sont au chaud dans leur lit. Tout ira bien pour nous. Alors, cherche l'étoile et suis-la. Suis-la jusqu'à ce que tu trouves Jésus. Il t'attend, ma chérie. »

Une heure durant, Jack et Evelyn se remémorèrent de bons souvenirs. Ils revirent Maggie le jour de son mariage et la naissance des deux enfants. Jack ne cessait de dire à sa femme qu'elle était belle et qu'elle lui avait apporté la plénitude.

Un peu avant trois heures, alors qu'il lui murmurait une fois de plus qu'il l'aimait, elle poussa son dernier soupir. La douleur, la souffrance, la respiration difficile, tout avait cessé.

Evelyn restait figée près du lit. La main dont elle couvrait sa bouche tremblait.

« Oh, mon Dieu, non ! gémit-elle en enfouissant la tête dans l'épaule de Maggie. Je ne suis pas prête à ce qu'elle s'en aille. »

Jack se laissa tomber à genoux en gardant la main de sa femme dans la sienne. À chacun de ses sanglots étranglés, ses épaules heurtaient le sommier métallique.

« Oh, mon ange, répétait Evelyn en embrassant le visage et les mains de Maggie. Mon ange chéri… »

Jack prit son épouse dans ses bras et la berça d'avant en arrière. Le foulard aux couleurs vives glissa de la tête inerte.

« Je croyais que j'étais prêt à te laisser partir, mais je me trompais. »

Ses larmes ruisselaient sur le cou de Maggie.

« Je me trompais… »

★

Il était trois heures passées quand Jack réveilla Nathan pour lui expliquer que maman était montée au Ciel. Effrayé, l'enfant courut au salon, où il vit sa mère paisiblement couchée. Le visage rouge et humide de larmes, Evelyn serrait les doigts de sa fille. Debout près du lit, Nathan posa avec tendresse sa main sur celle de Maggie. Elle ne se tendait plus vers lui, elle ne l'attirait plus vers elle ; elle gisait, immobile, sur le matelas. Il sentit celle de son père se poser sur son épaule et regarda les traits de Maggie. Elle semblait dormir.

« Elle est déjà au Ciel ? demanda-t-il d'une voix douce, les yeux fixés sur la poitrine de sa mère.

— Oui, mon chéri, répondit Evelyn en souriant, des larmes jusqu'au menton. Elle y est déjà. »

Avant l'arrivée des employés des pompes funèbres, ils dirent au revoir à Maggie, lui embrassèrent le visage et les mains, la serrèrent dans leurs bras et lui caressèrent les joues.

« Je t'aime, maman », s'écria Nathan dans un sanglot, avant de se précipiter vers Jack.

Il ne verrait plus jamais sa mère ; son esprit d'enfant de huit ans ne pouvait appréhender pareille réalité.

D'aucuns ne manqueraient pas de reprocher à Jack d'avoir réveillé son fils. Un jour, pourtant, Nathan lui saurait gré de ces moments passés avec sa grand-mère et lui, chacun disant à sa façon au revoir à Maggie. L'enfant avait vu le visage serein de sa mère. Il savait qu'elle lui avait dit la vérité : à cet instant-là, elle était au Ciel.

Bien qu'ils l'aient attendu, le léger coup frappé à la porte les fit sursauter. Comme dans un film au ralenti, Jack se dirigea vers l'entrée et ouvrit le battant. Deux messieurs lui parlèrent à voix basse pendant qu'il les conduisait au salon. Evelyn serrait Nathan contre elle. Tous trois regardèrent les employés travailler en silence. Enveloppée d'un linceul, Maggie fut déposée sur une civière pliante. Jack gardait une main sur le corps de sa femme. Les hommes l'emportèrent dans le froid, puis la firent monter par l'arrière du fourgon.

Nathan se tenait près du lit vide, tandis que sa grand-mère, brisée, s'effondrait dans le fauteuil. Il posa la tête sur les genoux d'Evelyn, qui le serra très fort dans ses bras en sanglotant. Derrière la vitre, la neige voltigeait avec grâce. Resté dehors, Jack vit le véhicule s'éloigner dans la rue.

★

Le jour de Noël, le téléphone sonna à onze heures. Doris discutait à bâtons rompus avec son fils et sa bru, chacun s'efforçant de se frayer un chemin à travers l'amoncellement de paquets qui entouraient le sapin. Elle courut à la cuisine et décrocha le combiné. Son visage se décomposa lorsqu'elle entendit la voix qui résonnait à l'autre bout du fil. Elle ne connaissait pas son interlocutrice. Une tante, crut-elle comprendre, ou une voisine – elle n'y avait pas prêté attention. Elle n'avait saisi qu'une chose : Maggie Andrews venait de s'éteindre paisiblement, chez elle, aux côtés de Jack et de sa mère.

★

À une heure de l'après-midi, la maison de Nathan bruissait d'amis, de parents et de voisins. Les tables débordaient de dinde, de sauces, de haricots verts, de petits pois, de maïs, ainsi que de patates douces et de pommes de terre accommodées de cent manières : en purée, sautées, au fromage fondu, en cocotte…

Ayant prélevé un biscuit en forme de Père Noël dans la boîte où sa grand-mère les conservait, Nathan s'assit tranquillement par terre dans un coin de la pièce. Jack et Evelyn sortirent de la chambre où ils avaient choisi tous les accessoires avec lesquels Maggie serait enterrée : la robe qu'elle portait souvent à la messe et aux mariages, la belle étole qu'elle avait reçue de sa mère et les étincelants souliers que Nathan venait de lui offrir. L'enfant regarda calmement les grands consoler son père et sa grand-mère, tapoter le dos à Jack, lui serrer le bras ou lui chuchoter quelques mots à l'oreille. Dans l'assistance, il reconnut les collègues de papa et certains paroissiens.

Rachel traversa d'un pas hésitant cette forêt de longues jambes en balançant son ours à bout de bras. Elle grimpa sur les genoux de Jack. Quelques dames secouaient la tête d'un air grave et tapotaient le bras d'Evelyn.

Nathan reconnut aussi les voisins. Beaucoup d'adultes lui étaient étrangers ; peut-être travaillaient-ils chez Ferguson, comme sa mère. Bon nombre d'entre eux se glissaient en silence dans la maison, posaient un plat ou un cadeau sur une table et repartaient sans un mot. Leurs visages s'effaceraient, mais Nathan se souviendrait toujours de leur générosité muette.

Vêtue d'un T-shirt imprimé de la devise « Noël est amour », une dame âgée lavait les plats, récurait les casseroles, vidait les restes et remettait de l'ordre dans la cuisine sans se faire remarquer. Elle se sécha les mains et entra furtivement au salon. En se décrochant le cou, Nathan la vit ramasser les tasses, les soucoupes et les assiettes. Puis elle les emporta, les lava, les essuya et les rangea. Elle s'attaqua ensuite au réfrigérateur, jeta les aliments périmés, nettoya les étagères, puis fit de la place aux cocottes et aux plats qui attendaient sur le plan de travail et la table. Quand tout fut achevé, elle enfila son manteau et disparut.

Un homme et une femme se présentèrent à la porte et échangèrent quelques mots avec Jack et Evelyn. La femme prit Rachel dans ses bras, tandis que l'homme ramassait l'ourson, la nouvelle poupée rose et quelques vêtements. Ils sortirent en coup de vent, laissant tout juste à Jack le temps de déposer un baiser sur la joue rebondie et rouge de sa fille.

Nathan constatait avec joie que personne ne le chassait. Sa mère n'était plus là, mais il savait confusément qu'elle était la cause de tout ce remue-ménage et qu'il devait y prendre part.

Lorsqu'il entendit la voix familière de son institutrice, il tourna la tête vers l'entrée. Surpris de retrouver ce doux visage avant la fin des vacances, il sentit sa poitrine se serrer. Ils ne s'étaient pas dit grand-chose ces derniers temps, lorsqu'elle le ramenait de l'école, mais il en était arrivé à attendre impatiemment les minutes qu'ils passaient ensemble dans la voiture.

Un monsieur à l'air doux, que Nathan ne connaissait pas, accompagnait Mme Patterson. L'enfant regarda le couple s'adresser à son père et à sa grand-mère. La maîtresse avait passé un bras autour des épaules d'Evelyn. Nathan se leva et s'avança vers Doris.

« Bonjour, Nathan », lui dit-elle d'une voix chaude.

On aurait dit qu'elle avait pleuré.

« Bonjour, Mme Patterson, répondit-il, très calme, en agitant le gâteau sur lequel il serrait encore les doigts.

— Nathan, voici M. Patterson, poursuivit-elle en prenant la main de son époux.

— Je suis ravi de faire ta connaissance, Nathan », dit l'homme à l'air gentil.

Nathan était content que l'institutrice et son mari soient venus le voir. Doris l'emmena s'asseoir à la table de la cuisine. Il posa soigneusement son gâteau devant lui.

« Nathan, commença-t-elle. J'avais oublié dans un tiroir la pellicule qui contenait cette photo. Je l'ai trouvée en rangeant mon bureau, avant les vacances. J'ai pensé que ça te ferait plaisir. »

Elle sortit de son sac une photo encadrée qui représentait Maggie et Nathan en train de décorer le tableau d'informations de la classe, à la rentrée passée. Deux écouvillons tenus par la jeune femme, hilare, se dressaient derrière la tête de son fils.

Doris sortit deux autres clichés d'une enveloppe. Sur le premier, Maggie, assise devant une petite table dans le hall de l'école, tendait une carte à un élève qui l'étudiait intensément. Au moment où le photographe s'était dirigé vers elle, Maggie s'était retournée pour sourire. Sur le second, elle se penchait au-dessus de la table, la joue contre celle du petit garçon, comme s'ils étaient coincés dans une cabine automatique du centre commercial. Son bras se relevait au-dessus de sa tête et un large sourire lui fendait le visage.

« Elles datent de l'année dernière », précisa Doris.

Nathan examina les photos l'une après l'autre. Sa maman lui paraissait différente. Il comprit soudain pourquoi. À cette époque-là, elle n'était pas encore malade. Elle était encore cette maman qui pouvait sauter sur les tas de feuilles avec lui, danser dans la maison au son de la radio et venir donner un coup de main à l'école. C'est ainsi qu'il se souviendrait d'elle : telle qu'elle était sur ces clichés...

Doris resta assise avec lui quelques minutes, puis elle se leva pour partir.

« Merci, madame Patterson », lui glissa-t-il en tripotant les photos.

Elle se tourna vers lui. Elle avait envie de lui dire quelque chose, sans bien savoir quoi. Son mari et elle prenaient congé de Jack et d'Evelyn lorsque son regard tomba sur les souliers ornés de brillants. Ils reposaient sur une petite pile de vêtements abandonnés près de la porte. Elle lança un regard à Nathan, qui lui sourit timidement.

« Je voulais qu'elle se sente très belle. »

Il ne dit rien de plus. Les yeux de Doris se mouillèrent de larmes.

« Oh, mon petit ! Tu as réussi, j'en suis certaine... »

Elle lâcha la main de son mari, se pencha et prit Nathan dans ses bras. Puis elle referma la porte derrière elle.

Debout sur le seuil, l'enfant vit sa maîtresse et son mari monter en voiture. Il entendait des chuchotis dans l'entrée. Il ne comprenait pas tout ce qui se disait, mais suffisamment pour savoir que maman n'aurait pas voulu qu'il écoute.

Il se concentra sur les photos. Alors, plissant les paupières, il leva les yeux au ciel pour chercher le visage de sa mère parmi les nuages.

★

Le soleil levant se reflétait sur les congères et sur les arbres qui ployaient sous le poids de la neige. La sonnerie du téléphone retentit. Je finissais de jouer à cache-cache avec Hannah et Lily quand Kate m'appela du rez-de-chaussée.

« C'est Dalton », me dit-elle en me tendant l'appareil.

★

Au moment où, alors que je tournais dans l'allée, je vis Dalton et Heddy debout devant la maison. J'ouvris la portière de la Mercedes et les bousculai pour entrer. Je parcourus le salon des yeux en y cherchant maman comme un fou, me précipitai à la cuisine, elle aussi vide, et revins en courant au salon, où m'attendaient les visages graves de Dalton, Heddy et Kate.

« Dalton », l'implorai-je.

Ma voix se brisa et je m'effondrai sur le divan.

« Ne me dites pas qu'elle n'est pas là. »

Kate s'assit près de moi, me prit dans ses bras et appuya la tête sur mon épaule.

« Elle nous avait invités pour le petit déjeuner, m'expliqua Dalton d'un ton sobre. Comme elle ne répondait pas à notre coup de sonnette, nous sommes entrés avec notre clé et nous l'avons trouvée dans son fauteuil, près de l'arbre. L'ambulance est arrivée tout de suite, mais… »

Bouleversé, il marqua une pause. Il adorait ma mère. Il avança d'un pas et me tendit une lettre. « Elle tenait ça à la main. »

Je fourrai la feuille de papier dans ma poche.

★

Nathan vit le lit d'hôpital quitter le salon pour être chargé à l'arrière de la camionnette de matériel médical garée dans l'allée. La nervosité et la crainte s'étaient emparées de lui lorsque les hommes avaient effectué la manœuvre. Les battements de son cœur s'accélérèrent quand la portière se referma avec un bruit métallique. Il tira le battant pour échapper au froid mordant, appuya le front contre le bois et laissa couler ses larmes en silence.

Il prit une profonde inspiration. Combien de fois, assis à sa table d'écolier, s'était-il demandé où son père et sa mère se trouvaient ! Sur quelle voiture Jack travaillait-il ? Que faisait Maggie ? Jouait-elle avec Rachel ? Peut-être préparait-elle des cookies dans la cuisine pour qu'il les mange à son retour… Peut-être promenait-elle Rachel dans un caddie en faisant ses courses chez Ferguson… Il s'était maintes fois interrogé sur les activités de sa mère. Désormais, il ne se posait plus de questions. Il savait exactement où elle se trouvait et ce qu'elle faisait. Elle courait, sautait et jouait avec lui, comme à son habitude avant d'être couchée sur ce lit d'hôpital. Tandis qu'il regardait par la fenêtre en pleurant, cette vision lui donna espoir.

★

Le médecin légiste appela tard ce soir-là. Ma mère était morte d'une rupture d'anévrisme. À l'autre bout du fil, une voix m'expliqua qu'elle était partie très vite et sans souffrir. J'avais contacté Hugh, ainsi qu'une poignée de parents et d'amis, avant de dire bonne nuit à Hannah et Lily en les serrant très fort dans mes bras.

Kate et moi nous assîmes dans le salon qu'éclairaient les petites ampoules blanches du sapin.

« Je me suis dit qu'on pourrait l'enterrer dans sa veste pervenche, dis-je en gardant les yeux fixés sur les lumières. Avec son corsage et sa broche. »

Je m'éclaircis la voix et poursuivis doucement : « Elle aurait demandé à garder le bijou sur elle, parce qu'il est orné des pierres porte-bonheur d'Hannah et Lily. »

Je ris en me tamponnant les yeux avec un mouchoir.

« Elle ne me laissera jamais en paix si je ne l'enterre pas avec la broche qui symbolise ses petites-filles ! »

Kate se renversa sur le canapé en essuyant ses larmes des deux mains.

« Je demanderai à Dalton de dire quelques mots à l'enterrement. Je ne vois personne d'autre qui en soit capable.

— Moi non plus », glissa Kate d'un ton réconfortant.

Je jetai un coup d'œil à ma montre.

« L'avion de Hugh décolle à vingt-deux heures. Ils seront tous ici demain matin à cinq heures et demie. Nous mettrons au point le reste de la cérémonie avec le pasteur quand il sera arrivé. »

J'enfouis ma tête dans mes mains et frottai mes paumes sur mes yeux fatigués et injectés de sang.

Kate se pencha vers moi, prit ma main et la garda sur son cœur jusqu'à ce qu'elle s'endorme. Je rabattis le couvre-canapé sur elle et restai assis dans le silence, à contempler l'arbre de Noël que ma mère aimait tant décorer de son vivant. Un jour, Hannah et Lily s'en étaient chargées. Elles plongeaient fébrilement leurs menottes dans les cartons d'accessoires et chacune prétendait avoir trouvé la plus belle boule. Pour maman, ce sapin était bien plus qu'un ornement. Il lui rappelait le temps passé avec ses enfants et ses petits-enfants.

J'essuyai une autre larme sur mon visage. « Quel sale moment pour perdre sa mère », songeais-je en me massant les tempes.

À l'aube, je me mis à dodeliner de la tête et me sentis saisir par le sommeil. Je me levai pour prendre une couverture dans le placard de l'entrée. J'étendis les jambes de Kate sur le canapé, puis j'entrepris de vider mes poches. Ma main rencontra le message que Dalton m'avait remis. Je l'avais complètement oublié. Orientant le papier sous les lumières du sapin, je lus :

> *Mon cher Robert,*
>
> *Je sais que le plus dur reste à faire, mais un jour tu comprendras que ça valait la peine...* toute *la peine.*

Les larmes aux yeux, je poursuivis ma lecture. La lettre était inachevée.

CHAPITRE HUITIÈME

La mort a un pouvoir limité.
Elle n'efface pas les souvenirs
Et ne tue pas l'amour.
Elle ne brise pas la foi, si fragile soit-elle,
Et n'entrave pas longtemps le faible espoir placé en Dieu.
Elle ne s'insinue pas dans l'âme
Et ne mutile pas l'esprit.
Elle se contente de nous séparer un instant.
C'est le seul pouvoir auquel elle puisse prétendre.
Le seul.

(Donna VanLiere)

Il était tard quand le téléphone sonna. Kate et moi bondîmes en même temps pour décrocher, mais elle me prit de court. Je vis son expression changer, passant d'une intense préoccupation à un bonheur tout aussi intense.

« C'est un garçon ! » s'écria-t-elle.

« Me voici grand-père, pensai-je, bouleversé. Nous sommes grands-parents ! »

« Elle veut te parler, me dit Kate en me tendant le combiné.

— Allô, ma chérie ? bredouillai-je. Toutes mes félicitations ! Comment va ma petite fille ?

— Bien, papa. Parfaitement bien, me répondit Hannah de sa voix forte et pleine.

— Et comment va notre petit-fils ? »

Je ne parvenais guère à contenir ma joie.

« Il est magnifique, mais il a les pieds d'oncle Hugh ! s'exclama-t-elle.

— Oh ! mon Dieu, déjà des oignons ? plaisantai-je.

— Non, il sont tournés en dedans. Évidemment, sur lui, c'est adorable ! »

Elle rit aux éclats.

« Et comment se prénomme ce jeune homme ? » demandai-je.

Il y eut un court silence à l'autre bout du fil.

« Evan Robert, dit-elle avec douceur. Comme toi, papa. »

★

Evan Robert était là ! Il pesait trois kilos cinq et mesurait déjà cinquante-cinq centimètres. C'était un beau bébé rose. Des touffes de cheveux soyeux se dressaient sur ses tempes, lui donnant l'air d'un petit vieux à la calvitie galopante.

Hannah et son mari Steven vivaient dans une petite ville à quatre heures de route d'ici. Elle enseignait dans les petites classes. Il était militaire. Hannah était bien la fille de Kate. Elle avait sa chevelure noire et lustrée, son rire mélodieux et son cœur d'or. Que c'était drôle de voir le reflet de Kate, telle que je l'avais rencontrée, tant d'années auparavant !

Lily finissait ses études. Depuis qu'elle avait effectué un stage dans ma société, l'été précédent, elle me menaçait de faire carrière dans le droit. Elle adorait taquiner son père ! D'après elle, un peu de concurrence ne pouvait que me stimuler. J'avais monté ma boîte quelques années plus tôt et nous avions obtenu gain de cause dans deux ou trois affaires qui avaient fait parler d'elles. Lily était aussi blonde que sa sœur était brune. C'était une vraie beauté, ce dont elle semblait tout à fait inconsciente, même si, à mon grand désespoir, les étudiants le lui rappelaient constamment. Ce jour-là, Hannah nous amenait le bébé pour son premier Noël.

Kate était débordée. Elle tenait à ce que la maison soit parfaite pour accueillir ses filles et son petit-fils.

« Mets ça là, Robert, me disait-elle pour mieux changer d'avis une minute plus tard. Non, remets-le ici. Ça prend trop de place. »

Entre les séances de cuisine et de pâtisserie, les cavalcades au grenier pour en descendre des décorations et les achats de Noël destinés au bébé, j'avoue que j'avais eu peine à suivre.

« Notre premier Noël avec notre petit-fils ! » me hurlait-elle aux oreilles.

J'étais prévenu : on perd la tête quand on devient grand-parent. Notre réfrigérateur était déjà couvert de photos d'Evan, souriant à l'objectif dans son bain, par terre, dans son berceau et sur le siège de la voiture. En fait, c'était la même image, prise chaque fois dans un décor différent.

Quand le bruit du moteur se fit entendre cet après-midi-là, Kate me bouscula pour se ruer vers la porte. Elle agita ses bras levés au ciel en s'écriant : « Joyeux Noël ! » puis elle fonça en droite ligne vers la voiture, expédia les embrassades, s'empara de l'enfant et l'éleva dans les airs.

« Le voilà ! s'exclama-t-elle. Le petit garçon à sa Mamie ! »

Hanna courut vers moi, déposa un baiser retentissant sur ma joue et retourna chercher le sac d'Evan, resté sur le siège arrière. Kate et elle entrèrent en rivalisant de « oooh » et de « aaah » au sujet du bébé et claquèrent la porte derrière elles. Steven et moi nous contentâmes de nous dévisager et d'éclater de rire.

« Eh bien, joyeux Noël à vous aussi ! » lançai-je en direction de la maison.

Je regardai l'heure à ma montre.

« Steven, puisque nous sommes de trop ici, que diriez-vous d'aller chercher Lily à l'aéroport ? »

★

À notre retour, la bâtisse étincelait sous les lumières et les décorations que j'avais installées au cours du premier week-end après Thanksgiving. Kate avait supervisé l'opération. Juchée sur l'escabeau, elle me criait : « Ces guirlandes pendent trop ! » ou bien : « Robert, déplace le feston d'un cheveu vers le milieu de la fenêtre ! »

À la fin de la journée, ma mère aurait été fière du résultat. Tout y était, jusqu'à la crèche bradée dont les éclairages inondaient la pelouse…

Lily entra en coup de vent et prit son neveu dans ses bras.

« Regardez-moi ça, mais regardez-moi ça », répétait-elle en lui tapotant le bout du nez.

Je sortis ma pipe neuve dont j'emplis le fourneau d'un tabac aux senteurs de pinède. J'aspirai plusieurs bouffées afin d'embraser les brindilles et agitai la main droite pour éteindre l'allumette.

« Papa ! geignit Lily. Il faut vraiment que tu allumes ce truc ? »

Kate, elle, ne pipait mot. Elle ignorait pourquoi je fumais ma bouffarde de temps à autre, mais elle ne me posait jamais de question. Elle ne voyait qu'une chose : ce geste me rapprochait d'elle. Et cela lui suffisait.

Evan gloussait tandis que Kate l'élevait dans les airs et le ramenait brusquement vers elle pour chatouiller du nez son petit ventre rond.

« C'est qui ? c'est qui, le petit ange à sa Mamie ? » lui demandait-elle d'une voix qui, redoutai-je, allait faire aboyer tous les chiens du quartier.

Le bébé gazouillait en lançant bras et jambes dans le vide. Lily, dont il avait agrippé un doigt, entreprit de lui agiter la main, comme celle d'un minuscule chef d'orchestre, pendant que Kate le faisait monter et descendre en cadence…

Je me calai dans mon fauteuil, tirai sur ma pipe et souris à la vue de ce que nous étions devenus : une famille.

Une fois de plus, je me demandai : « Mais qu'est donc devenu le petit garçon aux souliers de Noël qui a changé ma vie à jamais ? »

Épilogue

NOËL 2000

Le vent me fouettait le visage. Je m'agenouillai pour balayer de la main les feuilles givrées qui s'entassaient au pied de la tombe.

Ellen Katherine Layton
15 août 1917 – 26 décembre 1985
À ma mère bien-aimée.

Je dégageai aussi les abords de la pierre et fis en sens inverse le court trajet qui me séparait du pied de la colline. J'ouvris le coffre de ma voiture pour y prendre certaines des décorations préférées de ma mère : des poinsettias, du houx et une guirlande d'épicéa. Je coinçais une extrémité de celle-ci sous mon bras pour faire passer le reste par-dessus mon épaule lorsque je m'aperçus que je n'étais pas seul. « Drôle de jour pour se rendre au cimetière », me dis-je. De fait, à chacune de mes visites le jour de Noël, je n'avais jamais vu personne dans cet endroit. Je haussai les épaules en espérant que le malheureux avait plus chaud que moi et fermai le coffre.

Je gravis la pente avec difficulté, la bise hurlant à mes oreilles découvertes. Baissant la tête pour éviter le souffle glacial, j'enfermai mon cou dans la chaleur du col de mon pardessus. En passant près de l'inconnu, un homme jeune et beau, je remarquai qu'il tenait un sac en papier brun. Grand et mince, il portait une parka et un bonnet de laine sur lequel était brodé le logo d'une université.

« Bonjour, lui dis-je en agitant vers lui un bras chargé de décorations.

— Bonjour, répondit-il en imitant mon geste. Joyeux Noël !

— À vous aussi, répondis-je d'une voix chaleureuse.

— C'est bien la première fois que je vois quelqu'un ici à Noël depuis des années ! me lança-t-il en s'efforçant de dominer le bruit du vent.

— Je me faisais justement la même réflexion ! » lui criai-je.

La bise se calma un instant et le soleil se mit à luire sur les haies et les pierres tombales gelées. Le cimetière tout entier ne tarda pas à étinceler.

« Vous étiez étudiant ? demandai-je en désignant son bonnet.

— Je le suis toujours, répondit-il en souriant.

— Promotion soixante-dix ! repris-je en me frappant la poitrine. Bien sûr, on se servait encore d'encriers en ce temps-là ! Qu'est-ce que vous étudiez ?

— L'oncologie, m'expliqua-t-il d'un ton presque timide. Il faut s'accrocher...

— Formidable ! Mais pas facile, hein ? Dites, vous avez vu l'état de la route ? Incroyable, non ? J'ai dû me garer à mi-côte ! m'exclamai-je.

— Moi, je suis venu de l'hôpital par la 10. Ils ont sablé, mais ça n'a pas l'air d'avoir servi à grand-chose. Ça s'arrangera peut-être avec le soleil...

— Et vous avez trouvé du boulot ? » questionnai-je en riant.

Le vent mordait de nouveau. Je resserrai les pans de mon pardessus.

« Oh non, pas encore. »

Il rit également. Ses yeux étaient d'un bleu profond, et ses joues rouges de froid.

« Je fais un peu de bénévolat quand je rentre pour les vacances, reprit-il.

— Magnifique ! L'hôpital, ce n'est pas l'endroit idéal où passer Noël, mais je suis sûr que vous avez un excellent contact avec vos patients. Bon, eh bien, merci pour la causette. Et encore une fois, joyeux Noël ! »

Je pressai le pas pour regagner la tombe de ma mère.

« Merci. À vous aussi, joyeux Noël ! »

Je disposai le houx sur le haut de la pierre, puis plaçai la guirlande d'épicéa à gauche de l'inscription, le premier poinsettia juste devant et le deuxième à droite. Je grattai les caractères gravés pour en détacher le givre qui s'y était incrusté.

« Et voilà ! » soufflai-je.

Je ramassai les dernières saletés pour les jeter, pris du recul pour juger de l'effet et ajoutai :

« Ça te plairait. »

Je sais que la plupart des gens fleurissent les tombes à la Toussaint, mais ma mère adorait Noël, pas la Toussaint. C'est pourquoi, qu'il fasse trente-cinq degrés au-dessus ou au-dessous de zéro, je vais tous les ans au cimetière pour décorer sa stèle. Et chaque fois, je dépose un poinsettia, juste à côté, sur celle de mon père.

« Il fait un froid de gueux, cette année ! dis-je à ma mère en frappant mes mains l'une contre l'autre. J'en connais un qui doit se féliciter de ne plus avoir à décorer ta maison pour Noël ! »

Je ris en m'imaginant Dalton, désormais à la retraite, vacillant sur un escabeau branlant, tandis que ma mère lui aboyait ses instructions pour qu'il place des ornements.

« Hannah nous a amené Evan. À ma grande fierté, il tient beaucoup de son grand-père : il est beau, doux, et il plaît aux dames ! Oh, j'oubliais : et modeste avec ça… Il viendra un jour pour que tu en juges par toi-même. »

Je me tus, les yeux fixés sur la date de décès.

« Tu me manques, maman, dis-je en frissonnant. Je pense à toi tous les jours que Dieu fait. »

Je me levai pour rentrer. Le jeune homme était déjà parti. « Le froid l'aura fait fuir », pensai-je.

J'amorçais la descente de la colline en me protégeant du vent lorsque mon regard fut attiré par la tombe sur laquelle l'étudiant s'était recueilli, et sur laquelle il avait déposé quelque chose que je distinguais mal. Je m'approchai donc, et mon cœur se mit à battre à tout rompre. Accélérant le pas, je vis une paire de souliers ornés de perles, tout neufs, posés devant la tombe. Je lus rapidement le nom et la date de décès mentionnés sur l'inscription :

Margaret Elizabeth Andrews
17 mars 1951 – 25 décembre 1985.
À notre épouse, mère et fille bien-aimée.

Je me retournai. À l'endroit où le jeune homme s'était garé, il n'y avait désormais plus personne. Sa voiture avait disparu. J'allai chercher un des poinsettias de maman, le posai à côté des souliers et repris la route.

Je souriais.

Postface

AUJOURD'HUI

Le rire d'un enfant, des freins qui donnent des signes de faiblesse, une promotion sur le rôti, un ciel sans nuages, une balade dans les bois à la recherche d'un sapin, une institutrice, une bonne vieille pipe anglaise... Une paire de souliers. Si nous y sommes prêts, Dieu peut se saisir d'un rien pour changer notre vie et nous changer. Il suffit de se tenir prêt.

D'aucuns n'y croiront jamais. Ils pensent que ces choses-là sont trop communes, trop simples, trop insignifiantes pour changer une vie.

Mais moi, j'y crois.

Et j'y croirai toujours.

Remerciements

Merci, Troy, de continuer à me pousser vers de nouveaux sommets. Tu me donnes le courage de suivre mes rêves. Je t'aime.

Merci à Eddie Carswell, à Billy Goodwin et aux membres de NewSong, soyez loués pour m'avoir donné l'idée de rédiger ce livre. Dans le monde entier, votre magnifique chanson « The Christmas Shoes » a touché et touchera encore des millions de cœurs. Helga Schmidt vous en a inspiré les paroles : merci à elle pour sa tendresse et pour avoir accepté de partager son émouvante histoire. Helga, tu nous as changés à jamais.

D'emblée, Jennifer Gates a cru dur comme fer en ce livre ; elle n'a cessé de m'encourager et de me conseiller. Sans elle, il n'aurait jamais vu le jour. Espérons qu'il y en aura d'autres !

Jennifer Enderlin et toute l'équipe de St. Martin's Press, soyez remerciés de votre enthousiasme. Je témoigne que vous avez mis les bouchées doubles pour que ce livre sorte à temps !

Merci à Esmond Harmsworth (et à la Zachary Shuster Harmsworth Agency), à Mark Maxwell et à Don Zachary du temps qu'ils ne m'ont pas compté et de leur stupéfiante intuition.

Deborah Chiel a lu et relu cette histoire en lui apportant d'inestimables améliorations. Merci à elle.

C'est une bénédiction de savoir qu'il y a encore au monde des gens comme Eddie et Terri Carswell. Nous espérons grandir encore pour enfin leur ressembler... vraiment !

À toutes les autres personnes qui m'ont soutenue, mes proches, ma famille et mes amis ; mes parents ; mes beaux-parents, Dave et Vicki, qui m'ont toujours aimée comme une des leurs ; les dames du lundi soir ; Vince Wilcox, Brian Smith et le personnel du *Turning Point* ; Bob et Dannah Gresh ; Paul Grimshaw et George King ; Dean Diehl, Jimmy Wheeler, Jackie Marushka, Benjie Gentry, ainsi que les salariés de Reunion Records, Provident et Jive Records : merci à tous de votre aide si précieuse.

Merci enfin à Bailey, mon fidèle compagnon d'écriture, de m'avoir soutenue et de n'avoir manifesté que des réactions positives.

Aubin Imprimeur
LIGUGÉ, POITIERS

Achevé d'imprimer en octobre 2005
pour le compte de France Loisirs
123, bd de Grenelle, 75015 Paris
N° d'édition 43773 / N° d'impression L 69197
Dépôt légal, octobre 2005
Imprimé en France